既有趣又有料的另一堂阅读课

拉 着
我的手

慕云之／主编

江晓英 等／著

天地出版社｜TIANDI PRESS

图书在版编目（CIP）数据

拉着我的手 / 慕云之主编；江晓英等著. 一成都 :天地出版社, 2020.5
（"小青春"美文）
ISBN 978-7-5455-5432-8

Ⅰ.①拉… Ⅱ.①慕…②江… Ⅲ.①散文集－中国－当代②小说集－中国－当代 Ⅳ.①I217.1

中国版本图书馆CIP数据核字(2020)第000628号

"XIAO QINGCHUN" MEIWEN: LAZHE WODE SHOU

"小青春"美文：拉着我的手

出 品 人	杨　政
作　　者	江晓英 等
主　　编	慕云之
责任编辑	李　蕊　江秀伟
装帧设计	高　欣
责任印制	董建臣

出版发行　天地出版社
　　　　　（成都市槐树街2号　邮政编码：610014）
　　　　　（北京市方庄芳群园3区3号　邮政编码：100078）
网　　址　http://www.tiandiph.com
电子邮箱　tianditg@163.com
经　　销　新华文轩出版传媒股份有限公司

印　　刷　三河市宏顺兴印刷有限公司
版　　次　2020年5月第1版
印　　次　2020年5月第1次印刷
开　　本　680mm×960mm 1/16
印　　张　14
字　　数　224千字
定　　价　29.80元
书　　号　ISBN 978-7-5455-5432-8

序

爱，经得起平淡的流年。

网上的一个小视频上说，后来明白一个道理，合适的人不是你拼了命去追赶的人，而是当你累的时候拉着你一起走的人。

于是，许多观影者留言了同一句话："我在等一个愿意拉着我的手，一起走的人。"

此时，闺蜜正在经历离异的"劫"，但她并不避讳与我讨论爱的话题。她说："你知道遇到这样一个人有多难吗？也许倾尽此生所有的运气，都未必能遇到一个愿意拉着你的手一起走的人。"说这句话的时候，她一脸忧愁却坚强："即便如此，心中依然需要保留住对爱的那份坚定，就算失望甚至绝望，再遇到爱情时，它也依旧拥有治愈的力量。"

也许正是基于这样一个先入为主的印象，我刚看到《拉着我的手》这个选题的时候，很自然地便想把它做成以"爱"为主题的合集，每一位作者都能以"爱的名义"来表达内心的浓烈的情感。

不得不承认，爱是一个经久不衰的主题。

每个人的心中都有自己对爱的定义，它未必只以爱情的形式存在。

那个对你说"爱"的人，可能是你的爱人，也可能是你的父母，甚至是一个已经永远只能留在记忆中的人……即便是你现在依旧孑然一身，我相信，在你的记忆深处，也一定会有这样一个人，当你说到"爱"这个字眼，他会跃进你的视野，模糊你的视线。

年少的时候也曾经幻想过拥有轰轰烈烈的爱情，等到长大后，觉得能拥有父母亲这样的爱情，也是一种幸福。原来爱的最高境界，是要经得起平淡的流年。那份真挚的情感，也许并不一定是挂在嘴边的"我爱你"。

有人说，那个天天对你说"我爱你"的人，也许不知道什么时候就会对另一个人说"我爱你"。

爱是一种渴望，也是一段旅程，更是一份忠诚。

所以，不要轻易相信小说里的风花雪月，也不要相信电影里的非死即伤，那些都只是想赚你眼泪的流量。爱不是《白发魔女》里练霓裳的一夜白发，也不是《梁祝》里的双双化蝶。现实的爱，更多的是平平淡淡的真情实感，它可能仅仅只是在你感冒时递来的一碗姜汁茶，或是雨天里在你身边为你遮风挡雨而淋湿自己的那把伞。

爱是生活中最平凡的事，也最让人难以忘怀，珍惜你身边所有爱你的人和你爱的人。

目录

第一章
手里淌爱

第四章
我的大英雄

3

第五章

温暖的记忆

4

第六章

风雨同舟三十年

第七章
天使的吻

第八章

行走的白月光

第一章 —— 手里涸爱

微笑，缘自对生命的尊重，并非喜欢丑陋。

生活的味道

作者：萧陌

天是阴的，我看不清远处的山，茫茫雾气中隐约能看到不远处厂房的影子。马路边上杨树开始大把大把地落叶，倒是那些低矮的叶子圆圆的槭树燃了火一般，愈发娇艳起来，即便是这样的阴雨天，也热烈得让人的心充盈着温暖。

门口的马路上车来车往，好像这个世界都很忙。

自从家里的小孩子上了中学，我们也成了早早起床赶路的一族。急匆匆地起床做饭，把孩子叫起来，给他准备简单的早餐，然后奔赴学校开始一天的忙碌。老公说："孩子上早自习，咱这一家就都上早自习了。"儿子大声说："这叫早起的鸟儿有虫吃。"

看着小孩子进教室了，我们会去街边的早餐店吃早点。微微晨曦里，那些昏黄的灯光和硕大的笼屉里茫茫的热气冲淡了初冬的冷冽。找一张小桌子坐下，老板给端上香喷喷的八宝粥，两个暄腾腾热乎乎的包子，再来一碟子切成细丝加了香醋麻油的小咸菜，上面还撒了几段翠绿翠绿的香菜梗，看了就特别勾人食欲。时间有点早，所以不着急，可以慢慢享受这平常却平实的早餐。

老板娘是个四十岁左右的女子，瘦削，眼睛特别大，会让人不由自主地注意到她。她很利索，不笑不说话。去了没几次就熟稔得很了，老远看见我就招呼："妹子，今天有你爱吃的菠菜豆腐和胡萝卜的包子，我特意加了一点胡椒粉，味道鲜着呢。"眉眼弯弯的笑意让这张平凡的脸生动活泼了起来。

八宝粥熬得火候很足，里面的莲子和大芸豆都煮得很烂熟，吃在口中黏黏糯糯的，老公很喜欢。素包子味道也很好，咸淡适中，而且能吃得出里面蔬菜的新鲜味儿。

我说："我也回去学着做大包子。"说完，自己先忍不住笑了，因为那么多年来，我从来不曾做过任何面食。老公笑呵呵地看着我说："慢慢学，争取这辈子还能吃上你做的大包子。"说完，自然而然地把我剩下的八宝粥端过去喝完，随手递给我一块纸巾。吃完饭，看着他开车远去。时间还早，便慢悠悠地往学校走去。

不知不觉已经与这个男人一起走过了十来年的风雨历程，有过困窘，有过伤痛，但终究是走到了今日的平和安稳。其实，日子是什么呢？就是能一起坐下来吃饭，一起笑着说说柴米油盐，然后各自在自己的世界里去打拼，累的时候借一个肩膀借一双手来温暖片刻也就足够了。

路边粗大的白杨树上有许多的鸟巢，白脖子黑翅膀长尾巴的喜鹊叽叽喳喳地叫着。这种鸟不怕人，会在距离你几米远的地方灵活地跳跃。小时候母亲会说："小喜鹊，尾巴长，娶了媳妇忘了娘。"其实，人也是这样的。随着年龄渐长，离家的脚步渐行渐远，为了生活奔波在外，这都是无可奈何的苦楚。生活本就是这样，我们能做的就是一个电话的问候，或者常回家看看，不给自己留遗憾吧。

校园的西南角上，被门卫老大爷辟出了一个小菜园子，整整齐齐划分成了几块，然后种了些个应季的蔬菜。有时候是绿油油的肥厚叶子的小油菜，有时候是挑着高高的杆开白花的香菜，来不及吃就老了，然后就拔掉栽上萝卜苗。到了秋末，也能收几个不大不小的萝卜。传达室的大叔乐呵呵地提着篮子拔萝卜，说回家加上点粉条、豆腐、猪肉片一炖，味道鲜着呢。

　　桌子上是同事给的小芋头，养在一汪清水里，又生了一片翠绿的叶子，小荷叶一般。每天早上，都会看到上面挂着一滴晶莹的露珠，一种莫名的惊喜总是让我忍不住轻轻地赞叹一声：好美！同事说，给你一粒种子，你能种出一片森林！其实，我更想说，滴水藏海。在这一滴晶莹之中，我们会看见生活永远充满希望，绿色的希望。只要你想，一切自然会在。

伤害不了的爱

作者：凉月满天

有一个美国小男孩，他一直觉得自己很不幸，因为父亲粗暴而专横。更可恶的是，一次又一次熄灭他对于人生的梦想。

比如他在很小的时候，别的小孩披上大毛巾当自己是超人，他却披上大毛巾觉得自己是神父。父亲却告诉他："别乱想，因为你还不知道你要什么，你太年轻了……你不会去上神学院。将那念头赶出你的脑子。"他跑到后院，把鼻子埋进正在盛放的紫丁香花丛，哭了。

还有一次，他想当钢琴家。因为他能坐在一架钢琴旁，仅靠耳朵就弹出听过的简单曲调，就像唱出来一样容易；对任何想尝试一弹的新歌，只要花两分钟，便会找到正确的音符。

有一天，妈妈买回一架旧钢琴。从此，它就成了他最好的朋友。他不但能够像捡拾四处散落的珠子一样捡拾熟练的曲调，而且还能够自我创造，就好像他的灵魂一直在唱歌，而他只需要把它们在琴键上记录下来。

他每天最快乐的事就是飞奔到钢琴边敲敲打打，父亲则忍无可忍地说："别再用力敲打那烂琴了！"

有一天，楼下传来可怕的噪声。他跳下床去看，原来爸爸正在把他的钢琴拆成一堆烂木片！他用一个铁锤用力地往里面锤，然后用铁锹撬开它。小男孩呆立着，吓坏了，眼泪滂沱而下。爸爸说："它占了这儿太多地方，该丢掉了。"

他转身跑回房间，痛苦地哀号。直到今日，人生长路过半，他仍旧能够体会那种哀恸。

此后，他一直不肯下床，爸爸则不许妈妈给他送饭。爸爸已经习惯了他"老大"的权威，家庭里的每个人都只须带上笑容接受他的支配。但是，即使是爸爸，后来也意识到事情的严重性。

最后，他来到儿子的门前，彬彬有礼地敲门，请儿子允许他进去。那天，父子俩谈了很长时间，父亲专门为此向他道歉，说没想到这架旧钢琴对他的意义如此之重大。最后，父亲说："我们会给你买一架新的、小的钢琴，你可以把它放在你的卧房。"他兴奋得喘不过气来，久久地用力拥抱父亲。

过了几个星期，什么事也没发生。他想："哦，他在等我的生日。"

他的生日到了，并没有钢琴。他想："他要等到圣诞节。"

当圣诞节来临，小型钢琴并没有出现。

一天天过去，他终于明白：爸爸当初根本就没有想要实践那诺言，他只是想骗自己出去吃饭。

这件小事在他的人生长河中看上去微不足道，却对他整个人生如此重要。被伤害、被欺骗、被辜负的感觉让他久久不能忘怀。

他高中的时候加入鼓号乐队、合唱团、管弦乐团，参加摄影社，当上校刊记者，还加入戏剧社、西洋棋社，还参加了辩论队，而且还每晚为一家当地广播电台做高中运动报道——他却没有想到，这样一份完全免费而义务的工作就此使他开始一个长达33年之久的事业。

而这一切，就是为了想要在父亲面前扬眉吐气一番，以此告诉他：你看，我做得一点都不差。可是，父亲总是处之淡然。无论他拿什么样的冠军奖牌回家，父亲都只是平淡地说："我预期你不会得更差的。"他多么想听到父亲有一天说这样的话啊："儿子，真了不起，我以你为傲。"所以，他就只有更加努力，一直努力，心里不是无怨怼。

　　直到有一天，他突然明白过来：

　　他没有当成传教士，没有当成钢琴家，没有当成自己想当的种种人，却发现和发扬了自己的广播天才。他的父亲"逼迫"他养成奋发努力的好习惯——用别具一格的方式促使他蜕变得更美丽，好让他能够体验到自己的生命可以活得多华丽。

　　他的父亲为使他走到人生的聚光灯下而狠狠地推了他一把，他却恨了父亲这么多年。

　　你看，世间事就是如此，只要换个角度看，伤害也就不存在了，你会发现一切皆是完美。没有受害者，没有恶棍，没有好人和坏人。每个人来到你的身边，手里都带着给你的礼物——哪怕他们自己都没意识到，让你成长，让你健壮，让你深思，让你睿智。

　　所有这些都是爱。

　　——爱是伤害不了的。

　　和自己的亲人，更是如此，只能如此。

有信仰的人，灵魂不会跌跌撞撞

作者：辛岁寒

大哥是我在大学里因为投缘而交的朋友。早期的他只是一个一直对慈善充满着敬仰的人，以为只要有钱就能做好慈善。真正改变他的是在大二那年四川的支教。

那年暑假，大哥没有国际拉丁舞的比赛，于是便报名了志愿者活动，和另一个小伙伴一起被分配到四川的一个小山村里支教。

等大哥到时才知道，这个学校离乡镇十分远，要徒步一个多小时才能看见人烟。一个学校只有一个班级，一个班里只有各种年龄混搭在一起的十几个孩子。吃的住的，全都极其简陋，甚至极其肮脏。

为了做好这次支教的工作，大哥和同行的小伙伴决定在班上举行一次小型演讲比赛来增加同学们的信心。孩子们很兴奋新老师的到来，听到有演讲比赛更是双眼发亮地看着大哥。

于是，大哥决定把孩子们分成四组。由于大哥的工作不仅是老师，还要负责摄影、撰写新闻稿等工作，便只带了一组学生，另外三组留给另一个老师。

而他的那一组，只有一个女生。她是一个初二的女学生，穿得干净整洁，打着耳钉，眼里没有别的孩子看见生人时的惊讶与喜悦，带着些许叛逆的眼神，倒不像偏远山区的孩子。

大哥是向来不喜欢这种风格的女孩子的，因此最初也对她不是很上心，给她布置了写稿的任务，便忙着组对外宣传的新闻稿件，放任她自我发挥。

演讲初试的时候，女孩表现十分糟糕。她站在台上，眼神飘忽不定，一会儿看自己的手，一会儿看向窗外，涨着通红的小脸儿，手脚仿佛被绳紧紧地捆住，无措得一动不动，一口结结巴巴的家乡式普通话、平铺直叙的演讲稿毫不意外地让她名列倒数第一。

下台后，她一个人趴在桌上，噘着嘴闷在角落，看着台上一个又一个孩子演讲，面露难过。她趁大哥走到她身旁时，悄悄塞了一张纸条。纸上歪七扭八地写着她的话："可以教我演讲吗？"

大哥这才对这个看似胆怯，却能为自己勇敢争取的女孩子，投去了关注的目光。

放学后，大哥把她留了下来，和她一起交流演讲稿、演讲礼仪、仪态展示及如何提高自信等关于演讲的各方各面。这也是大哥和她第一次正式地单独相处，也没想到她是个极其聪明的姑娘，一点便通，原本计划在两天完成的课程，她竟听了一遍，就牢牢记住了。

最后，她凭着她的聪慧，在决赛中，出乎意料地拿了第一。

她用她的行动改变了大哥对她的印象。

颁奖礼上，大哥又设计了一个孩子"愿望收集"环节，要求孩子们写下自己的愿望及理由。女孩又给了大哥措手不及的重重一击。

他原以为，起初自己对她的第一印象是自己的偏见，还曾在熬夜写反思总结的时候，深深自责过许久，未曾想到这个女孩最大的愿望竟是那般虚荣——要一个手机。

　　一个打扮时髦的山区贫困初中生，最大的愿望是要一个手机，某种程度上来说他是无法认同的。他默默收好了她的愿望纸，决心在家访的时候，好好跟她家里人谈一谈这件事。

　　他刻意每天把纸条揣在身上，等待家访那天的到来。

　　女孩的家，在临镇，要走一个半小时的山路。家访那天，她一路上十分热情地给大哥讲诉着大山里的古灵精怪，又天真无邪地表达着对外面的世界充满着的激情的幻想。大哥以长辈的姿态总是找机会用大道理去教育她，同时在心里盘算着见着她的家人，应该如何和他们一起纠正这个女孩的心理。

　　走进她家门时，大哥又被狠狠地"扇了一耳光"。

　　女孩竟带他去了大伯家，大哥便想着去要一个她父母的电话，和父母直接沟通一下孩子的想法。女孩伯母却告诉大哥："孩子是一个孤儿，爸爸两年前车祸走了，妈妈一年前也病走了。"

　　大哥这才恍然大悟，原来她一直住在她大伯家。

　　女孩伯母看着大哥激动不已："孩子很懂事，在外人面前都是开朗坚强的。即使再想父母，也只会在夜深人静的时候偷偷哭泣，不想让我们担心。她每天回来都给我们讲城里来的老师如何给了她希望，今天见到，真是太好了。"

　　大哥颤抖着拿出纸条，提起了她关于手机的愿望。她姐姐立刻反驳："妹妹不是想要手机，只是以前她妈妈在的时候曾经给她买过一个手机，里面有很多她和爸妈拍的照片。可是，那个手机在学校被偷了，再也没有找到，她不过是想找回她和爸妈的一些记忆。"

　　大哥走出女孩家时，真真正正地给自己狠狠甩了一个耳光。

　　他回头看了看那站在黄土墙前却其乐融融的一家人，以及泪光中依旧微笑着的小姑娘。他望着那迟迟不肯离去的身影，一米八的大男儿竟差点哭了起来。

他恨自己太成人化，恨自己如此片面地去看待一个还含苞未放的纯真花朵儿。

他难过了许久。支教完了以后，他买了小姑娘的偶像张杰的几张海报，连同自己洗的照片和几个朋友一起凑钱买的手机寄给了女孩。

女孩收到手机，给他发来了第一条感谢信息："老师，谢谢您。"

他看着屏幕，想起了女孩的音容笑貌，傻傻地笑起来。

后来，他回来跟我说，无论这一路多泥泞坎坷，他从不会跌跌撞撞，因为他的灵魂一直都有坚定的信仰。

手里淌爱

作者：谷煜

早上，门响。开门，是年迈的妈妈。

她笑眯眯地走进来，说："给，小宝的衣服做好了。"我接过来，不停地嗔怪着："这么大年纪了，不是告诉你别做了嘛，怎么还做呢？"妈妈并不着急，依旧笑着："自个儿做的多暖和啊，小宝穿着才舒服呢！"然后，那带着莫大满足的自豪，从她每一个毛孔里喷薄而出。我无语，摩挲着这件小袄，纯棉布的大红底子上，是笑得花枝乱颤的花们，细密的针脚似它们散落的花瓣，繁茂地盛开在边边角角。

我的小宝穿妈妈做的衣服，是从出生那天开始的。如今，他已经是满地乱跑的小大人了，妈妈做的衣服也跟着他一天天长大。如今，商场里孩子们的衣服花样很多，可妈妈就是这么执着地坚持着。

想起于丹说过的一件事。她的师母每年都要给她的小女儿织一件毛衣。开始的时候，上面有很好看的多彩的图案。慢慢地，图案越来越简单。老人家说："眼神不好了，只能这样了。"于丹听了，泪流。她知道，师母的毛衣里是爱，这歉意里，是更深的爱。她给女儿穿上师母亲手织的毛衣，告诉女儿这是姥姥织的，然后把穿小的毛衣一件件保存着。她说，她要让女儿知道这些爱，懂得感恩。

原来，有些爱，是必须要从手里淌出来的啊。

每次回老家，婆婆的小菜园，我们是必须要去的。她会把她的那些宝贝们悉数给我们。紫色的茄子，有点像画瘪了的圆；通红的西红柿，多出了两个犄角；翠绿的豆角，还没长长呢……婆婆说："别看它们丑，可是我自己种的呢，绝对天然，你们吃着放心。"语气里，是满口的不容置疑。

多年的朋友，通信十八年了。在这个网络通讯泛滥的年代，她的电话不多，Email更是少得可怜。可是，我会在某个静谧的黄昏，或是某个清新的早晨，接到她短短的信，蓝色墨水写下的字，眨巴着小眼睛，一点点诉说着心事。我的心，便如花一样盛开了，纯净而美好。

那次去一个乡村学校联谊。我在一年级教室和同学们活动之后，打算离开的时候，一个小女孩忽然挣脱了我的手，急匆匆地跑到门口，使劲把门打开，倚在门上一动不动，忽闪着大眼睛，不错眼珠地看着我。我说："你怎么了啊？""老师，我要亲手给你开门啊，这样，我就能看着你走了！"我的眼睛一潮，小姑娘用她最本真最朴实的举动，告诉我她的爱……

还有那亲手给我们做贺卡的人，亲手给我们做一顿晚餐的人，亲手给我们缝制一副鞋垫的人……太多太多了，在这个浮躁的社会里，总有一些人，像我们的妈妈，不厌其烦地静下心来，给我们做一些东西。也许，那些东西我们根本不喜欢。可是，那通过手做成的，是带着温度的，是从心流过血管，从手里淌出来的爱啊，轻触着心脉中柔软的部分，温暖，美好，挥之不去。

珍惜吧，这世上，总有一些人，是那些在你不经意间，举手投足，拢起的爱，形成的花，一朵一朵，弥散着人间烟火的美。

小街修鞋匠

作者：罗瑜权

建设街是条小街，不到 200 米，名气却不小，商业也繁华，原因有二：一是市委机关报所在地；二是有个综合性农贸市场。建设街综合市场干净、整洁、卫生，规范、文明管理，还多次上了中央电视台。建设街街小，周围的店铺却很多。这些店铺大多是个体的，且每一个店铺都有自己的特色，弹棉花的，补落发的，炸油条的，卖豆浆的，配眼镜的，应有尽有。建设街市场周围的店铺大多是热一阵子，就改枪换炮，今天还在卖保健产品，明天就已经转销新鲜干货了。可是，在两家大商铺之间夹着一个小小的蒲记修鞋铺，却长期生存了下来。反正打我十多年前住在建设街开始，它就一直在那里。

经营这个修鞋铺的是对夫妻。店主蒲老四，人到中年，个子不高，消瘦，头发已经有些苍白，全身皮肤像熟透的南瓜。修鞋铺简陋至极，坐北朝南，一个挡雨的凉棚架挂着一个简易的招牌了事。地上散落着各种修鞋的工具与配件，还有两个木质小椅子、一条长板凳，这就是修鞋铺的所有家当。我经常到修鞋铺修鞋、补伞，知道蒲老四是松垭镇的一个农民。

在我没有认识蒲老四之前，对于修鞋、补伞、开锁之类的活，总认为是下人干的，属于体力活，知识含量不高。然而，两件事情改变了我的看法。

蒲老四知道我是警察，很羡慕我有一个好的职业，起码不像他风里来雨里去，吃了上顿愁下顿。他经常说："还是你们好哟，旱涝保收，不像我们这么劳累辛苦。"这些话听多了，自然成为一种习惯，也懒得辩解。

有一天，上班时没有下雨，途中下起小雨，我穿的皮鞋被水浸裂缝需要修补，于是到蒲老四的修鞋铺。我坐在小椅子上，脱掉一只鞋子，递了过去。他用抹布擦拭了一下，就开始摆弄起来。他先用小锉子将鞋底需要粘补的地方锉毛，鞋底凹进去的缝隙中不太干净，于是他用一个锥子将里边的杂物一点一点地挑了出来，又小心翼翼地用材料和胶水黏合好，用小锤子敲了几下，再补上几颗钉子，终于大功告成了。他把鞋子拿在手中，左右端详了一下，好像在欣赏一件刚刚完成的工艺品。他觉得很满意，然后递给了我。

在修补鞋子的过程中，他发现我另外一只鞋子拉链有问题，于是让我脱下，给我换了一个新拉链。但给钱时，他只收修鞋的钱，还让我鞋子有问题随时去修补。我执意要付修拉链的钱，但蒲老四坚决不收。他说："在外做事，讲的是信誉，不能敲杠子多收钱。"

这事之后，让我对蒲老四开始另眼相看。

有一次，我问蒲老四生活有什么困难。他笑哈哈地说："我有一双手，头脑也不笨，养活一家人不成问题。"他认为修鞋不难，只要肯吃苦，服务态度好，就会有客人光顾。在建设街，谁家的鞋子坏了，准会去找蒲老四修理。不仅仅是因为他手艺好，更多的是因为他人缘好。经常看到有几位闲暇的熟人坐在长板凳上与店主聊天，摆摆龙门阵。主人也不烦，也不因聊天耽误自己手中的活。

不久，另外一件事，更让我对修鞋匠蒲老四刮目相看了。妻子有一朋友，是粮食系统的职工。有一天，她对妻子说："不要小看了修鞋匠蒲老四，真不简单，养了两个小孩，一儿一女。大女儿在中国传媒大学读研究生，小儿子在成都一所大学读书。"

一家出了两个大学生，真不简单，真让人羡慕。要知道他们的父母是庄稼汉，是修鞋匠，都没有多少文化，都没有多少收入。

后来我才知道，两个孩子自小便没和爸妈住在一起，蒲老四夫妻俩一直在外修鞋供养孩子。

我从小在川北山区长大，深深懂得"穷则思变"的道理。磨难也是财富，贫穷的家长只要能把握得好，就能造就出成功的孩子，未来一样可以成功，可以富有。贫穷的孩子把挫折当存折，变压力为动力，经过不懈的努力，回报父母，报效社会，这是他们成功的秘诀。在现实生活中，有很多事业有成的家长、很多文化程度较高的父母，却不让孩子吃苦，怕孩子遇到挫折，怕给孩子施加压力，不图孩子回报。这是多么鲜明的对比啊，值得反思。

今日我做东

作者：李业陶

今日我做东，请弟弟妹妹吃饭。当然，我自己的孩子们也参加。

我是主人，两个妹妹分坐两边，这是有道理的：小妹妹跟我同一天生日，这餐生日饭理应奉为上宾；大妹妹是弟弟妹妹中最年长的，再说唯有她没住城里，远来为客。

从前，我生日是不请弟弟妹妹的，有父母在，轮不到我张扬。前年父亲病故，我们兄弟姐妹便成了没爹没妈的孩子。于是，从去年开始，以生日的名义，我把弟弟妹妹拢到一起吃顿饭、说说话。

人们常说，父母在，兄弟姐妹是一家人；父母没了，兄弟姐妹是亲戚。不管怎么说，这血缘抹杀不了。八年前，母亲病危之前，看着围在她身边的孩子们说："你们都是一奶同胞啊！"这话我铭记在心，尤其在父亲走了之后，我与兄弟姐妹之间的横向联系更多了起来。以前有父母疼我们，父母不在了，兄弟姐妹之间更要互相关心、互相帮扶。我是大哥啊，在这方面更要带头。只有如此，父母在天之灵方能安宁。

是工作日，能开车的还开车而来，所以生日宴没人喝酒，这并不影响气氛。开场白很简单，"我们还是一家人"，我把"尽管父母不在了"的潜台词咽回肚子里，为的是不勾起伤感。我知道，弟弟妹妹跟我一样都很重感情，也都很孝顺，内心深处对父母的怀念依然浓重。

"凑在一起就为了吃顿饭，我也有条件请你们，你们不要有负担，不要买东西。"事先我就有要求，吃饭时我还是这样强调。可是，弟弟妹妹们还是花钱了。不好再说得更严厉，这就是所谓的人之常情吧！人这一生，就活个"情"字，亲情、爱情、友情、恩情……尤其兄弟姐妹之间，如果完全像做生意一样分厘不差，谁也不长、谁也不短，怕就没啥情分了。小时候弟弟的淘气、妹妹的撒娇，已经很遥远了。如今，连小妹妹也过了不惑。而我，眼见离古稀越来越近。年幼时谁哄过谁、成年后谁帮过谁，都不重要，重要的是能聚在一起，这就是亲情，这就是幸福。

谈谈往事：从前过个生日，能吃上水饺就算不错了。祖父是吃工资的医生，这么豪华的宾馆房间，这么丰盛的饭菜，他老人家一生也没见过啊！老人家过年请朋友喝酒，也不过两碗小菜，炖的鱼也就一虎口长……

说说现在：为儿子、孙子忙活一天呀，夜里翻身都疼，心里却美滋滋的……妹妹说着说着，先自己笑了起来。过的是孩子们的日子，操心也罢，受累也罢，这都甘心情愿。

普通人家、平凡日子、平常一顿饭，家长里短，热热闹闹，祥和惬意。

今日我做东，请一场亲情之宴。

户部巷里的爱

> 作者：龙火火

十年前，我初到武汉工作，由于刚毕业，又换了新环境，过得甚是艰难。

那时候，一个月的工资，除去房租和生活费，基本上就所剩无几了。虽然日子过得有点清苦，但或许是受到了《瓦尔登湖》的影响，总想把日子过成诗。

城市里是无法做到像梭罗一样在大自然中隐居，自给自足，但依旧可以找到些许乐趣的。所能宽慰自己的，便是户部巷的美食了。

当时，男友在汉口工作，地铁还没有开通。为了能和我每天见面，下班后他坐着公交车过长江大桥，一路颠簸来到我的住处，陪我一起吃晚饭。

由于刚参加工作没多久，我们两个人都穷得很，什么山珍海味是吃不起的。还好我所租住的房子距离户部巷很近，正好可以在那里解决晚餐问题。

户部巷长度只有 147 米，但在其中居然挤着 160 多家美食商铺，街上的繁荣场景也让人叹为观止。

走进户部巷，第一个感觉就是香。在这宽度只有 3 米的路上，挤满了手上拿着各种美食的吃货们，空气中夹杂着臭豆腐的奇特气味、铁板鱿鱼的海腥味、烧烤的孜然味、热干面中的芝麻香味。

这些味道混合在了一起，让嗅觉立刻像闸门一样被打开，全身的五脏六腑都被调动了起来。

第二个具有冲击力的就是听觉。两边的小店不时地发出制作美食的声音，肉在烤炉上的滋滋声，恩施小土豆在油锅里的翻滚声，小龙虾被翻炒的锅铲声，就像一支交响乐一样，冲击着你的耳朵，让你应接不暇。

最后引起注意的才是视觉，户部巷里简直就是视觉的盛宴。黑黑的是臭豆腐，黄黄的是豆皮，红红的是辣鸭脖，白白的是水煎包。这么多的选择让我为难起来，每一种都让人眼馋。

十年前的物价还是比较低的，人均 20 元，这些小吃就可以吃到撑。

然而我最喜欢的，还是户部巷里拐角那家汤包店。

十来平米的店铺，巴掌大小的位置，却被一对老年夫妻经营得有声有色。

这家店里，婆婆负责包，公公负责前台接待和收拾。两个人搭配起来，却是恰到好处。

我与男友两个人，点上两笼汤包，再加上一碗汤，就可以吃到饱。

他家的汤包，外表看上去很精致，汤包皮是透明的，一口咬下去，咸鲜的汤汁直入喉咙，满口都是浓郁的鲜香味道，让人欲罢不能。

我时不时总会看到公公婆婆两人在店里秀恩爱。

公公心疼婆婆，就让她去歇一会儿，他来包。婆婆就笑着打趣道："要是让顾客吃到你包的，估计人家都要跑光了，下次再不来了。"

公公一脸的难为情："你别这样埋汰我嘛，虽然我的手艺比不过你，但还是可以的。"

婆婆看了公公一眼，满是皱纹的脸上笑得像一朵花。

来店里次数多了，与公公婆婆自然也就熟悉起来。公公不忙的时候，就会对我们说起他们的恋爱史。

年轻的时候，公公家里很穷。婆婆不顾家人反对，义无反顾地嫁给了他。公公为了让生活有保障，铆起劲去学了门技术，进了国企当工人，以为这样就能过上稳定的生活。

没想到，人到中年，他们却面临下岗。婆婆只好支起了摊子，用自己的手艺卖起了汤包。

开始的时候，公公觉得摆摊丢人，不愿意去帮忙。婆婆每天一大早就推着车子出去，天黑了才回来，没有埋怨过公公一句。

后来，公公问起这件事，婆婆只是淡淡说了一句："突然遭受打击，我知道你也需要时间来接受。"

公公很感动，主动挑起担子，帮婆婆一起打理生意。果然，有了公公的帮忙，生意日渐兴隆。

公公说，他们两人的孩子都已经长大，十分有出息，他们自己也有退休工资，本来不用这么辛苦做生意的。可是，婆婆就是喜欢做汤包。她说，自己每次看着食客食用自己的汤包，就打心眼儿里觉得高兴，自己还是对社会有价值的人。公公尊重婆婆的想法，于是帮忙一起经营这家小店。

听完公公婆婆的爱情故事，我与男友相视一笑。爱情，不就是在这样的平淡中被提炼出来的吗？

就像这户部巷里的美食，刚开始舌头尝到的味道是甜，然后感觉到了咸，感觉到了辣，最后，才在不经意间感受到了一种混合升华般的味道。这种味道说不清、道不明，但就是让人欲罢不能。

这种感觉，我想就是爱。公公婆婆用他们的故事教会了我们什么是爱，我们也在户部巷中留下了自己青春的爱与足迹。

幸福从来不卑微

作者：罗瑜权

　　很长一段时间以来，我一直被一些人生问题所困扰，关于人生价值，关于人间真情，关于爱情等。面对一些无情与冷漠，面对一些失信与造假，面对爱的渐渐迷失，面对许多铜臭与无奈，我的心一直在问，人生的价值是什么？人间有真情吗？这一切的一切，令我无法面对，更无法回答。

　　初秋，午后，天蓝，高远。尽管离开盛夏的酷热，还是仍然宅在家，一动也不想动，听听音乐，静静地享受着独处和歌声。室外，树上的知了还在不知疲惫地叫着，令人心烦。于是，下楼，来到离家不远的一个小店，要了一杯冷饮。

　　开冷饮店的是对年轻人，女孩是北川人，在"5·12"地震中身体被埋在废墟中。消防官兵打开一条通道，找到女孩，女孩的腿被一个钢筋水泥横梁压着。时间一点点地过去，女孩要活，就要切断腿；如果不切，生命就没有希望。女孩切断了一只腿，被消防官兵救了出来。后来，女孩遇到了男孩。男孩是女孩的同学，地震发生时在外地读书求学。大学毕业后，回到家乡参与重建，与女孩相恋。

男孩在店内忙来忙去，不停地招待客人，收拾杯具，脸上充满了笑容。女孩坐地吧台上，招呼着来往的客人，有时望着男孩，脸上不由得荡起温馨的微笑：有这么阳光、体贴、博爱的恋人相伴左右，真是幸福！

还在两三年前，在地震中，失去了亲人和自己受残的女孩没能马上从悲痛中解脱出来，天天无论睡觉、吃饭都想着亲人，家里的一些物品都让她睹物思人。那个绿色的背包，是她和表妹一起外出旅行时用过的。看到背包，她就想起在中学读书时由于教室倒塌而死去的表妹。还有桌子上的小相框，是姨妈送给她的生日礼物，姨妈也在地震中离开了她。房间里的每一丝空气都浸透着思念亲人的感觉。

女孩长时间消沉，心神恍惚，整天无精打采。家人和朋友看到心急如焚，希望她能换一个环境来改变一下状态，忘记过去的悲情，重新开始新生活。男孩与女孩商量，在学校不远处开一个小小的冷饮店，接待一些在校外等待孩子的家长。冷饮店的房子已经很长时间没人住过了，以前是一家影碟店。男孩忙着打扫卫生，摆放新添的桌椅，布置装饰墙面，满头大汗地做事，无意间却没有看见女孩的身影。他隐隐约约听见室内传来女孩的啜泣声。男孩轻轻地推开房门，看见女孩背对着他坐在桌前，手里拿着一个嵌有照片的相框，正在一个人暗自伤心。

男孩轻声喊了一声女孩。女孩忙擦干泪水，回头说："没有什么，又想亲人了。"男孩无言以对，他上前抱住女孩，亲了亲女孩的脸蛋，说："我和你在一起，别一个人待着。"

"在一起！"女孩点点头，充满希冀地望着男孩，男孩是上天送给她的礼物。

男孩紧紧地抱着女孩，女孩脸上绽放出了灿烂的笑容。

女孩面对人生不幸，没有怨言，诚实经商，热情周到，情暖人心，她的故事感动了不少人。一些学生和家长知道他们来自北川后，都到她的店购买冷饮。

女孩渐渐走出阴影，脸上露出笑容，开始新的生活。

看到男孩女孩的小幸福，简简单单，快快乐乐，心里暖暖的，一股莫名的敬意从心底流过。在这个真情有些消瘦的年代里，这对北川青年却用朴实的爱回答了许多人生的命题。

是的，幸福不在于你拥有多少，也无需四处去寻找，幸福其实就在我们平常的日子里。幸福，对于每一个人，只是一种心灵的感受。也许一千个人会给你一千种不同的答案，但总有一些因简单而触手可及，因朴实而情真意切，因俗套而温暖动人。这些尘世间的美好情感，就像我们赖以生存的空气，看似虚无，实际上满满的都是。

幸福从来不卑微，男孩女孩会不顾一切地追求幸福，不在乎未来怎样，不在乎流言蜚语，不在乎名誉地位，不在乎异样眼神。

男孩是幸福的，有了女孩。女孩是幸福的，有了男孩。

幸福其实很简单，但想要幸福，只能用自己的双手去努力，去争取，去改变。

25

第二章 —— 一个人走，一个人留

有一天，会有一个人走进你的生活，并且让你明白，为什么你和其他人都没有结果。

一个人走，一个人留

作者：慕新阳

一个人走，一个人留。时间和距离的粗线条画出他们之间的界限，于是眼前呈现了他的各种温柔。

天黑之后，从疲惫的忙碌中抽离出，灵魂与身体分离。灵魂朝各自的家中飞去，于是，他们相约在天空中的某一个瞬间相遇，他们倒数在一起的幸福时光。

她喜欢用文字记录自己千变万化的心情，用心情抒写对他的思念。

每逢周五，她都会想着坐两个多小时的火车去看他，在温暖的灯光下，等他下班。起初，她只能买现成的或最简单的菜，做个乱炖，他每次都吃得不亦乐乎。后来，她开始学做菜，也只能简简单单地炒个青菜，为他准备好米饭就好。这是因为，他喜欢吃米饭，说那是家的味道，那是生活的味道。

他走出电梯，听到锅铲"哐哐当当"的声音，他知道她来了。可每次，他都觉得愧对于她，因为工作的原因，她每次都要辛苦地过来，只为看他，只为相守的片刻。

在门口看着她忙碌的样子，他的心暖暖的。然后，大声地说一声："老婆，我回来了。"

他会在旁偷吃她做的菜，腮帮子鼓鼓的，说好吃。一天的辛苦，在此刻才觉得释然。为了眼前这个女人，他心里默默地发誓，一定要让她过上幸福的生活，好好爱她。

她看着他满嘴的油腻，眼里的幸福，她很幸福。这就是她想要的生活，简简单单的生活。

这周，和往常一样，她开始订车票去看他的时候，他告诉她，这次他去看她，让她别来了。她很开心，她想，明天一定要专心工作，早点下班。

周五的夜晚终于来临，她迫不及待地等着公交，去火车站接他。公交迟迟不肯来，二十分钟已经过去，她开始有些不耐烦，开始左顾右盼。最终，还是决定打车去。

一天的陪伴总是很短暂，在这个从没感觉到属于自己的城市，他们都身心疲惫，可当初为了那份梦想，他们义无反顾地坚持，而如今她仍在这里，而他是被她安排到了邻近的城市。牵手走在曾经的小道，经过曾经一起光顾的饭店，他们觉得好熟悉，觉得这地方就是自己的，是属于自己的。可如今，他们一起将要成为过客。

在火车站，她吵着要跟他一起走。他满眼的不舍，但他用稀有的口吻说："不。"窗口等待的片刻，他犹豫了。如果她坚持，她相信他抵不过她的执拗，他会带她走。但是，她放弃了。他说："你是该有多心疼我啊，我来看你，你却要把我送回去。"那刻，满眼的不舍。她在他怀里说："我不想再分开了，不想分开了，你什么时候带我一起走……"

他们还缺少一个她讲的冷笑话，一道他做的美味菜肴。但在这一刻，都已经显得微不足道，怎么去说舍不得，又该用怎样的表情再说一次"我爱你"。他们一直在做彼此最适合的那根肋骨，能够微妙地渗入他们的灵魂质角。不需要生死相许，更不需要海誓山盟。只要他们在心底里留下那最深刻最有分量的位置，然后等待另一个人的归位。

他们仍会任性地去相信他们的未来，不管别人的只言片语，不管异地恋是多么的不现实，他们还是会勇敢地去相信总会有他们的故事。别人或许不知道他们认识了多久，这也是他们能够自信到现在甚至未来的有力定理。再次见面的那一刻，他们就好像是恋爱了好久一样。细细数，五年了。

"我是个没心没肺的人，可是我只对你好，因为再也舍不得去伤害你。"

"我们在一起，已经是很不可思议了。不过，我们还是在一起了，并且幸福。"

"我爱你，我等你。"

"我爱你，请等我。"

有些祝福不必刻意去留，有些誓言也不必刻意去留。只要能再牵着对方的手，他们一定会走到最后。

这不是三分钟的游戏，他们都已成为彼此的人质，随意地挥挥手都能让对方的心碎得片甲不留，就被这样珍藏。

一个人走，一个人留。"亲爱的，我不会让你等太久，之后我们还要牵手，走到天亮之后。"

我的父亲母亲

作者：凉月满天

　　父亲摔伤了，腰肋疼痛。七十多岁，肉重身沉，躺在床上，一会儿压得身下的肉疼痛难忍。想要动一动，翻翻身，可是一动又牵扯到肋处碰伤，又疼得口齿不清乱哼哼。得脑血栓的人，说话说不清。我和母亲从此就多了一项任务，每天我光脚踩上床去，抱住老父亲两只脚，母亲搂头，给他努力换换边，好让他舒服一点。每天都要叫着劲喊号子，我们累得满头大汗。

　　我搬抬完父亲就要扭头出门，留下母亲伺候父亲大小便。做完这些，又要烧水做饭，喂父亲吃。父亲躺着吃得吃力，一个劲努嘴抬头。母亲让他乖乖躺着，让自己好好伺候。父亲不肯听，结果菜汤洒一床。母亲就气得骂："抬什么头，好像王八！"

　　我原本一脸严肃在写作，这下"噗"地破了功。民间语言打起比方来真是给劲。细想想又大不敬，不该笑，可是憋不住。

　　母亲只偶尔骂这一次，家里安静得我其实有些不习惯。她对父亲如今轻言细语，温言软语，我也好像有点不习惯。

这完全和我记忆中的她颠倒了模样。

很小的时候，有六七岁的模样，一次街上玩耍，转头看见一车稻草旁边走着一个中年妇女，就不假思索扑上去叫娘。那个女人笑了笑，说："娘也能认错吗？"可是，她一样的倒八字眉，带点三角棱的眼，带点苦相又带点凶相，实在和我的娘很像。

家境穷困，父亲一个憨憨的农民，只有一膀子力气可用。这样一个壮劳力都挣不到满工分，被我娘骂大队会计偏心，又骂我爹无用，不能替自己去争。哥哥懒，妹妹馋，我兄妹二人又都长得不合她心。于是，这个家就经常灌满暴风骤雨般的骂声。

不安宁。

骂声一起，哥哥跑出去玩，我跑去和奶奶睡，只有我爹能够沐浴在一片骂声里处之泰然。起火，做饭，盛饭，把躺在炕上耍脾气的妻子拉起来，把饭碗塞她手里。她若不肯端，就自己端着，一口一口喂她吃。她吃一口，骂一声。

这份能耐与修养，我自问此生修炼不到。

我时常在想，这个世界上的一切其实都在求取一个平衡。一个人付出了什么，必将得到什么；起初得到多少，过后必将回报多少。

十多年前，父亲脑梗阻一朝病倒，起初尚能自己行动，再后来逐渐地双腿更加无力，又添了腰病，终于由单拐到双拐，由家外到家内，终于有一日连屋也不能出了。因为举动不便，父亲吃饭也有些泼洒。母亲收拾着不耐烦，心里会骂、会厌，有时候会脱口而出，说："你死了算了！"父亲就会一连几天不肯好好吃饭，药也不肯吃，一副求死的模样。我看着不忍，劝罢我爹，回头悄悄劝母亲："别骂他了，当初他那么疼你。""是呀……"母亲说，"你爹是对我好……我就是随便说说，不是当真……"

我知道她不是当真。

总之，母亲是尽量不再对父亲发脾气，每天向我报告父亲的新动向："你爹今天疼得好一点。我喂他吃了一大碗饭。"要不然就是一脸紧张："你爹好像傻了，刚吃了饭又要吃，是不是老年痴呆？"还有一回，笑笑地跟我讲："你爹这个老财迷，你给我的钱，他跟我要了，躺床上一遍遍数……"

　　今天晚上进屋给我爹翻身，他的伤已经好一些。时已初秋，上身穿着母亲给他换上的干干净净的秋衣，下身盖着毛巾被，身下是干干净净、清清爽爽的被褥，散发着洗衣剂的芳香。头脸粉红粉白，浑不似当初古铜色的风吹日晒模样，也是清清爽爽。我笑着表扬我娘："你看你把我爹照看得多好，光光溜溜的。"我娘也自豪地笑，说："我刚给他刮了头脸……"她的牙掉了不少，脸上有了松松的皮，面色有些黄暗，身子也不复当初的圆胖。我爹胖了，她瘦了。我爹白了，她黑了。

　　当初我爹喂给她的饭，她在一点一点地还回来；给予她的包容与爱，也在一点一点地还回来。她嘴上不说，心里在报恩。我有一个预感，这一世他们为夫妻，下一世彼此恩情还清，无需相濡以沫，可能就江湖两相忘。我今天和不知道多少人擦肩而过，这里面，不知道哪个人就曾经是我前世还清了恩情的爱人。

　　世上有多少背叛，就有多少忠贞；有多少辜负，就有多少守望；有多少逃离，就有多少坚守；有多少恨厌，就有多少爱恋。

　　说实话，我对这个世界是失望的，我觉得我活不到活着见到我期望的景象的那一天了，也看不见人人恩爱忠贞，没有邪淫。可是，总有一些恩爱让我亲听亲见，又觉得这个世界虽不完美，终不令人绝望，好比哪怕漫天风雪，亦有梅花开。

总有人会走进你的生命

作者：慕云之

总有一天，

你会遇到一个绚丽的人，

让你觉得其他人都是浮云。

——《别让我走》

2011 年 11 月 11 日的晚上 11：11，留待着我们称此刻为一个重要的纪念时刻。因为此刻，我们依旧一个人过着单身的生活，被前任打扰亦或者不被打扰着。屏幕上在这一分钟里被点了一首《喜欢你》和《无力去爱》，很悲剧的巧合。

原本和友人约定了这一天去看《失恋 33 天》。像微博里说的那样："做一天的男女朋友，不拥抱，不接吻，只牵手，看场《失恋 33 天》，然后各自回家，等待凌晨的到来，然后发一条短信——我们分手吧，晚安。"这是他在某天凌晨喝多了的时候约定的，毫无预兆。结果，也在毫无预兆时改变了行程。

他唱着悲伤的歌曲，诉说着痛苦，然后喝好多好多的酒。我就坐着，陪着他。也许就像他说的，作为朋友作为兄弟，不能劝，就默默地陪着他。我想，也许那些酒在他的嘴里已经不再是酒，而是不能流的泪吧。

即使唱着悲伤的歌，满脸悲伤的表情，面对朋友他依然是迎人的笑脸，大大咧咧。他说，只要兄弟们开心就好了，哪怕难过，也要自己一个人难过。临走时，他说："我有时候真的觉得自己很不值得，我很傻地居然就这么做了。哪怕就算有再好的女孩子，我也已经不会爱人了。我忘不了她。"

在他的身上，我似乎找寻到了自己过去的影子。我曾经一度以为我们都已经是"废人"了，至少感情里我们已经不懂得再如何去爱一个人了。他像是我们那时的年少，会爱，会难过，会悲伤。KTV里永远都只唱悲情的歌曲，喝酒，眼睛深处盖着雾霭般的忧伤，浓得化不开，抽烟，撕心裂肺地大笑……好像一切都没有伤到我们，其实已经死在了某个地方。

坚持着那可笑的卑微的所谓的爱情，理所当然的爱与被爱的权利和责任，如他说的"等待的誓言，只是给自己一个交代"，但也掺杂着不甘心吧，以为一切还能时光倒转，他会回来。而结果往往只是空留着青春和时间，在等一个没有交代的交代。

他若不断地只是在别人身上找寻一个人的影子，为何不能与明明相爱的人继续走下去？那些诸如"爱你却不能和你在一起"的可笑理由都是空白的。如果非要给自己找一个理由，只能说，每个人都喜欢给自己找一个保险丝，不需要得到也不会失去的保险丝，可以在难过时给予安慰和安全而又不用随身携带的保险丝。我对他说："记得不要让自己当一个备胎。"他说："其实并不甘心只当一个备胎。"

卑微地活在别人的故事里做一个第二主角，只是在对方需要慰藉时给予宽厚的胸膛和肩膀，未免过于伟大，而又伟大似卑微着。他若还爱着你，断不会任你独自忍受痛苦和难过，而我们所有的痛苦和难过，折磨着的，却是那些真正关心和爱着自己的人，且来源于那些忽略我们并觉得理所当然的人。

值？还是不值？！

所谓值得不值得，年少时以为，只要自己觉得值得便是值得，无关乎任何人。当我终于开始学会一个道理，我也会开始衡量这中间的得失。那个道理说，如果你连自己都不懂得爱自己，你凭什么要别人来爱你？有种豁然开朗的意味，所有的苦涩忽然好像都找到了出口。

每个人爱人的能力不同，表达的方式不同，所以造就的结果也不同。有人辗转，有人沉默。而我们这群自认为已经失去爱人能力的人，仅能做到的对自己的爱便是保护那个早已遍体鳞伤的自己。

不为所动，则不为所伤。

在爱的人面前，我们永远都处在那个低一点的位置，也许觉得这样能映衬着心中的他的独一无二。哪怕踩在脚下的已经是满目的碎片，也要保护着他面对着的永远是顺境。难过伤心的时候有肩膀可以依靠，知道永远有个"没事，还有我呢"的人顶着风雨护着周全，他从来也不需要担心自己会落单，却从来都忽略了这份深情的背后。这个人像放在生命中那些"习惯了"的位置，习惯了依靠，习惯了被关怀，而从来不会学着去习惯付出，只是习惯一味地索取和得到。身体累了可以回家休息，那么心累了呢？怎么回家？

我自以为，失败的恋情像是一剂成长，当我们终于学会怎么去用心好好地爱一个人，他在我们生命中的任务便已然完成。于是，他离开，留下一道伤口。安妮宝贝（现为庆山）说，人的脑子容易忘疼，但身体的伤疤会提醒你。我们在伤口愈合的过程中成长，待到它已不痛不流血，

35

便可继续前行至远处等待遇见那个让我们能爱敢爱的人，从此相守。也许结局不尽完美，我宁愿相信，这些所有的遭遇和劫难，像宿命，像我们掌心的指纹一样，从出生的那刻起就已经注定……

　　有一天，会有一个人走进你的生活，并且让你明白，为什么你和其他人都没有结果。

牵手

作者：孟昱

突至的乌云布满了天空，硕大的雨滴没有任何征兆地落了下来，重重砸在地上，溅起一朵朵水花。

在一个商场门口的玻璃檐下，此刻聚集了许多人。有的在淡定地玩手机，有的在焦急地四处望，还有的干脆到商场里溜达，消磨时间。此刻，可能很少有人注意到，有一对老年夫妇正安静地在角落里，呆呆地看着外面的雨。

老大爷坐在轮椅上，而老太太则双手紧握住把手，微微弯着腰，立在老大爷身后。两人一站一坐，表情无喜无悲，仿佛时间在那一刻已然凝固。

忽然，老大爷身子向后倾，扭头向后。老太太急忙身子前倾，凑上前去。随后，老太太从椅背后掏出手机看了看，不知说了些什么，两人随即又恢复了之前的状态。

时间一分一秒地过去，商场里的人源源不断地出来，人越积越多。眼看已经人满为患，老太太便推着轮椅向外挪了挪。我仿佛看见雨水溅到了老大爷的脚面上，他把脚微微向上翘起了一些。

终于，雨虽然没停，但雨势慢慢变小，天空逐渐晴朗起来，能见度也在不断地向外延伸。不少人第一时间离开了玻璃檐的庇护，向四面八方散去了。

老太太又掏出手机看了看，稍有犹豫，和老大爷短暂交流后，便摸出了一把伞，一手推着轮椅，一手撑着伞向外走去。

那一刻，我才发现老太太走一步顿一步，腿脚也并不利索。

由于伞并不算很大，老太太将伞尽量向前撑，遮住了老大爷的全身。不一会儿，轻柔的雨水就淋湿了老太太的头发，依稀能看到几行雨水顺着她的脸庞滑落。

走了一会儿，老大爷抬起头，看到了头顶上的伞，便费力地转过身来，将伞向老太太推去，嘴里还不停念叨着。但每一次，老太太都把伞推了回去。终于，在推搡了几个回合后，老大爷说话声音提高了很多，并一把把伞攥在手里，扯在自己掌中。

待转回身去坐好后，老大爷单手举起伞，用力地向后伸去，险些碰到了老太太的身体，又渐渐遮住了她的视线。

于是，老太太只能将腰弯得更低些，把头伸进伞里，又将老大爷的手向前推了推，让伞遮住了他的身子。

雨依然飘个不停，虽然没有了之前的阵势，但雨意仍浓。完全能够遮住一个人的雨伞，此刻却没有完全遮住任何一个人。雨点不停地落在老太太的后背和老大爷的腿上，然而他们丝毫没有在意，依旧保持着这种姿势缓缓向前挪动着。

身边的路人匆匆而过，他们则在慢慢前行，就这样义无反顾，哪怕有几次老太太的脚踩在了水中。

伞下，是他们的世界。仅此一幕，就让我坚定地相信他们这几十年的相伴相行，不一定浪漫，但一定温馨。

两个人在一起，并不是 1+1=2，而是 0.5+0.5=1。听了这么多遍的道理，喝了那么多碗鸡汤，最终在这把不起眼的伞下，实现了升华。

那一刻，我想起了妈妈最喜欢的苏芮的一首歌："也许牵了手的手，前生不一定好走；也许有了伴的路，今生还要更忙碌；所以牵了手的手，来生还要一起走；所以有了伴的路，没有岁月可回头……"

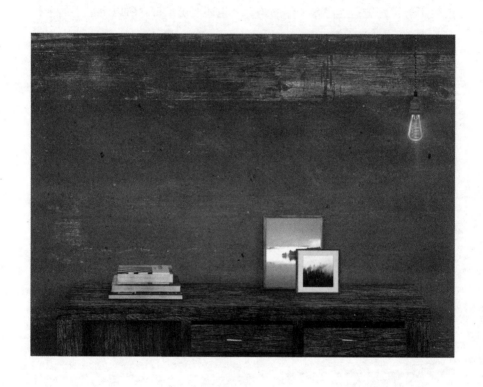

两个人的舞蹈

作者：王树军

我知道，这场雨是为了酿浓我的思念而飘洒的。从梦中刚刚醒来，你还在脑海里对着我微笑，耳畔便响起了雨的脚步声。感谢这场雨早早地光临了我的世界，让我把梦中的情景在清晨再次一一展现。

我的房间里有一扇窗朝着你所在的城市的方向，我首先拉开窗帘，打开了这扇窗。刹那间，一股清凉奔跑了进来。在这个季节，如此的清凉显得非常珍贵，又因了这清凉来自你的方向，我尽可能地用肌肤逐一珍藏。

无数个日子里，因为前方的城市里有你，我喜欢站在窗前默默地眺望。虽然看不到你的身影，但通往你所在的城市的路上遍地芳香，目光所到之处都会有热流传回体内，温暖着我孤独的心。这个清晨，和往日的情景不一样，由于这场雨的缘故，思念疯长。每一条雨丝里都有我的目光，绵延到远方。

我们的距离很远，我伫立在窗前，形单影只；我们的距离又很近，是这场雨连接起了两座城市，传递着郁积在内心已久的情思。雨丝们带着我的注视，从我的城市出发，为了两颗心的交织，默默地做着信使。它们是自然界最懂爱的精灵，它们知道不能辜负一腔浓浓的思念。如果你也站在窗前，你也拉开窗帘，你也打开了窗子，你就伸出手去感受一下飘飘洒洒的雨丝吧。无论是落在了手心，还是渗入了袖口，都传递着我的语言。

为了生活，你在你的城市忙碌，我在我的城市忙碌，我们只有在深夜的梦中相遇。也只有在深夜的梦中，我们才和着月光的节拍，开始两个人的舞蹈。两个人的舞蹈是多么的美好啊，或共同吃一个苹果，或共同剥一根香蕉，或共同撑一把伞，或共同穿一件外套。然而，无论梦境多么美丽，终究是短暂的。两个人真正的舞蹈不是梦中的相逢，而是尘世里的相拥。期盼这一天早些到来，我们和着时光的节拍，开始两个人的舞蹈。

《诗经》中"执子之手，与子偕老"的诗句温暖过无数人的心灵，也缤纷过无数人的梦境。漫长的人生道路上，相互支撑走到最后的只有两个人。只有两个人的舞蹈最浪漫，只有两个人的舞蹈最美好，只有两个人的舞蹈最珍贵。我珍惜与你的相逢，珍惜与你的相恋，也定将珍惜与你相拥而行的路程。就让我们共同展开人生的长梦，开始两个人的舞蹈。

两个相爱的人的气息融合在一起，就会凝成 1+1 大于 2 的温暖。

唯有听到你的晚安，我才心安

作者：慕新阳

那一年冬天出奇的冷。未到腊月，西北的冷空气伴随着降雪悄然而至，路人无不裹紧绒衣，打着冷噤。

不久前，方乐打来电话，说是自己遭遇了车祸。对方是一辆载运货车，在没有任何警示的情况下突然向辅道转弯，撞倒了正常行驶的方乐。方乐所骑的电瓶车不堪重击，顿时散架破碎。

庆幸的是，方乐并无大碍，只是腿部有些擦伤。

当我们惊呼于方乐的福大命大时，方乐却平静地说，自己早已料到路途中的种种遭遇，这本是一场没有尽头的冬至。原来，每到夜晚，方乐都会踏上回家的归程，而单单一次行程就是70多公里。

那时的方乐俨然没有如今的生活，他所拥有的，不过是一辆破旧的二手电瓶车，一个早已视线模糊的头盔，一件用来挡风的棉大衣。当然，还有冰锥的刺骨和冻僵的脸颊。

"归程"对于方乐，有着非比寻常的意义。

他与妻子坚守过长达多年的异地恋。如今，妻子在家乡的一所中学授课，不愿再和方乐继续异地，相隔一方。而在方乐看来，落后的县城、无可挑选且低廉的劳动报酬并不能给予他足够的养家资本，即使不是为了补贴家用，他也渴望在更大的发展空间寻找自己的人生价值。那时，碰巧几个旧友在邻近的城市投资，寻找合作伙伴。在旧友的盛情邀请下，方乐决定打拼一番事业。

妻子开始劝阻，为的是把方乐留在自己身边。她渴望的是得到他的多一些疼爱，哪怕是入睡时听到他的一声晚安。

她并不自私，因为在爱情面前，女人永远都是天使般的自私鬼。

可方乐执意要走，为的是把握这次创业机会，摆脱落魄而受人奚落的自己。最终，方乐的妻子同意他外出打拼，同时提出了一个要求：每天晚上都要如约回家，不管凌晨或深夜。

要知道，两点之间，是一段不短的距离，足足 70 多公里。即使是电量充沛的电瓶，也要消耗近两个小时的行车时间。方乐常常苦笑，却无怨无悔。

当方乐将每日回家的事情告诉大家，我并没有感觉他人般的震惊。我心想，无非就是每天骑一段路程回家，比留在本市的工作者稍微远了一些罢了。除此，与他人无异。而当我真正亲身体验之时，我才方然醒悟这其中的艰辛。

在一个周末的夜晚，我决定与方乐一同归还，寄宿在他家。

方乐在前，我在后。

天空渐渐地飘起了雪，落在地上消失不见。拖着一天疲惫的身体仍旧顶着寒风，这无异于雪上加霜。

其实，我有些后悔因为一时的莽撞而体验这次归程。

路过的每一个乡镇，方乐都会给我介绍乡镇的姓名、特色及有关于它的一切。每到一处道路标志，方乐都会默念道："还有 ×× 公里就到家了。"路灯昏黄，我仿佛看到了他眼里闪烁出的光亮。

谁也没想到，距离家还有十多公里的地点，方乐的车不愿再负其重，停止不前。

我疑惑地问："为什么停下了？"

方乐回道："还能因为啥，车没电了。"

我问："卖车的老板不是说你的车很能跑吗？怎么今天这么掉链子？"

方乐点了一根烟："哪有真心实意卖你东西的老板，这样的人我见多了。"

我望着路旁陌生的路标，有些凌乱："那我们怎么办？"

方乐大喊："还能怎么办，跑！"

于是，两个人一前一后奔跑着，时而加速，时而停驻，在车流的呼啸声中跑完了剩下的十多公里。

凌晨一点，我和方乐赶到了家。

方乐的妻子伏在桌案，衣着单薄。方乐用最后的力气将她抱起，送进了卧室。

我站在一旁，顿时湿了眼眶。

原来，她一直在等他回来。

方乐说，不管归程有多么遥远，他都要回家向她说一声晚安。这是因为，那是他们的约定。

那些细数的路程，是互道晚安的约定，就让爱，把来时的路照亮，把荆棘的路铺平。

半年后，方乐不再奔波两地，他的妻子考上了教师编制，在他打拼的城市。他添了轿车，无关风雨，却始终念念不忘深夜回家的曾经。

为爱奔忙，朝着你盼望归来的方向。

为了我们的未来，不求你时时刻刻的陪伴，只求你可以触摸的温度，一句入眠前的晚安。唯有这样，我才心安。

有一种爱，就是我陪你一起变哑

作者：金明春

有一种爱，就是我陪你一起变哑。

有一种爱，就是我给你善良，但不想给你负担。

有一种爱，就是爱一切，唯独忘了自己。

一位母亲找到情感专家求助，说她的儿子离开家在外面居住已经半个月了。这半个月来，母亲和儿子只能电话联系，儿子就是不告诉她住在哪里。

经过很多周折，人们才找到儿子。

"是什么原因导致你要离开你母亲呢？"专家问。

儿子叫小安，一个帅气的小伙子。小安说："我母亲每天唠叨的就是让我找对象，安排我相亲。有时，星期天一天让我和六七个女孩子相亲，像演员赶场一样。我现在出去住，是临时躲出去清静一下的。"

母亲说："你也该到结婚的年龄了，应该找个对象了啊！"

小安说："我有对象！"

母亲说："你是说你网上谈的那个？不行！网上找的不靠谱。"

小安说："我和她很谈得来！"

母亲说："坚决不能在网上找！"

专家问母亲，你见过儿子在网上找的那个女孩吗？母亲说："没见过，也不想见。"

专家劝说母亲："我们可以把网上那个女孩找来，你看看再说。"

女孩找来了，随之一起来的还有一位懂哑语的女士。

女孩只打手势，不说话。

原来，女孩不会说话。

在交谈中，母亲对女孩的言辞很不礼貌，说："我儿子相貌堂堂，我绝不同意娶一个残疾的女孩，绝不同意娶一个哑巴。"

在一旁的儿子坚决维护女孩，说喜欢女孩的善良。

在母亲和儿子争吵的过程中，女孩始终用哑语说："阿姨，您别误会！我和小安只是普通朋友，不是您想象的那样。"

女孩说自己现在还不想谈恋爱，也不喜欢小安，和小安只是普通网友关系，并一再让小安好好和母亲说话。

看得出，女孩很善良。

女孩叫小敏。她用哑语说，曾经的一场车祸夺走了父母的生命，自己和妹妹也在那场车祸中变哑了。妹妹喜欢画画，而且画得很好。她要扶养妹妹，她除了上班，下了班还去饭店打工。她要挣钱为妹妹交学费学画画。

母亲对小安说："你看，她不光自己哑，还拖拽着一个哑巴妹妹。"

正在这时，妹妹突然闯进来了，用哑语说："自己已经十七岁了，大了，不想成为姐姐的负担，更不想因此影响到姐姐的爱情。"

妹妹说："姐姐是爱哥哥（小安）的，只是因为我拖累了姐姐。"

接下来，是姐姐和妹妹的一番争吵，当然用的是哑语。

妹妹用哑语说:"我不想连累你了。你再管我,我就离家出走。"

姐姐说:"我不管你,谁管你?"

妹妹突然用哑语说:"你再这样,我就去死!"

现场片刻的寂静后,突然,姐姐大声喊道:"你疯了!"

人们呆了!

姐姐不是哑巴吗?怎么突然能发声了呢?

妹妹也一下子愣了。

专家问:"你能说话啊?"

姐姐说:"那场车祸后,六岁的妹妹不能说话了,但可以听得见。我怕妹妹无法面对父母的双亡和自己的变哑,怕妹妹受到刺激和打击,我便也装作变哑了,我想用自己也变哑来安慰妹妹。我用自己的哑来鼓励妹妹,我用我自己的哑来证明给妹妹看,即使我们不能发音也能活下去,而且是好好地活下去。"

多么善良和坚强的女孩啊!

所谓美人,以花为貌,以鸟为声,以月为神,以柳为态,以玉为骨,以冰雪为肤,以秋水为姿。这个女孩以善爱为心,是最真的美,最善的美。

面对如此善良和有担当的女孩,男孩的母亲走过来,抱住女孩,说:"孩子,你愿意做我的儿媳吗?"

一个把爱埋起来的女孩,一个将全部的爱用来温暖亲人的女孩,一个懂爱但更懂得担当的善良的女孩,一个现场一直冷静的女孩,此时突然泪流满面。

第三章 —— 臂弯下，最温暖的地方

妈妈，我这辈子愿做您忠实的听众，只为让您将唠叨继续下去，只为看到您爬满皱纹的脸上绽放出灿烂的笑容。

谁都无法替代你

作者：赵宽宏

高兄从河北阜平老家回来后，感慨地说："尽孝，谁都无法替代你。"

高兄是春节后回老家的。到家时，高兄见93岁的老母亲很衰弱地躺在床上，饮食不好，大小便不能自理，精神很差。高兄行二，兄弟姊妹好几个。老母亲虽跟大哥一起生活，但在老家的兄弟姊妹们轮流着来陪老母亲。也到医院看了，没大毛病，就是便秘，可老母亲却觉得浑身都是病。

高兄到家后，老母亲的精神虽有了改观，但还是被便秘一如既往地折腾着。第二天早上，老母亲醒了。高兄倒了一杯温开水，到老母亲床边。老母亲说："这白开水，不咸不淡的，有啥喝头。"高兄说："对治便秘有好处。"老母亲不相信，高兄就哄着让她喝了下去。接着给老母亲穿衣，然后把她抱到沙发上，到厨房拿来一个蒸熟的小红薯让她吃，说对治便秘有好处。老母亲不相信，高兄就哄着让她吃了下去。之后，高兄坐在沙发上，两脚不停地在地板上踏，要老母亲学着他的样子做。如此，一天要做好几次。老母亲说："可以治便秘？"高兄说："生命在于运动。"

老母亲笑着说："你是医生？"高兄说："可比医生还医生。"

老母亲心里似乎也相信。以前，老母亲曾先后摔过两次。第一次将右腿摔断，好了后还疼，疼了一个月才好。第二次将左腿摔断，好了后又疼。高兄说："一个月后就好了。"高兄想，应该不是骨头疼，是筋疼。一个月后，还果真就不疼了。老母亲笑着说："你是医生？"高兄说："可比医生还医生。"

每天早上，高兄如此这般地哄老母亲起床喝白开水，吃小红薯，两条腿常运动。老母亲的精神大好起来，也可以站起来在家里慢慢踱步了，上厕所不需要人再抱着去了。个把月后，大便竟然在不知不觉间就正常了。高兄发现了新大陆一般，唤兄弟姊妹们来看母亲正常了的大便。

高兄的这个方法也曾在电话中跟兄弟姊妹们说过，可是不灵，老母亲不相信，就是不喝、不吃、不动，还说："老二说的，那他咋不回来教我？"

高兄知道，那其实是老母亲想他了。因此，他不无感慨地对我说："不能忘了常回家看看，尽孝，谁都无法替代你。"我一听，也是连连地点头称是。

我的父母跟我弟弟一同生活，与我住同一个城市。前天中午，在食堂吃过午饭，想起有一周没去看父母了，就利用午休的时间去看他们。一进门，见他们还没午睡，就说："咋还没睡？"母亲说："你爸说你要来，那茶都给你泡好了。"我奇怪地说："他咋知道我今天要来？""他说，你给他打电话了。""我啥时候给他打电话了？"父亲没答我们的话，坐在一边微微地笑。我端起茶杯喝了一口，眼睛上就有一层雾罩着了。真是，尽孝，谁都无法替代你；亲情，谁都无法替代你。常回家看看，既体贴，又温暖。

被幸福敲响的音符

作者：清荷诗语

这次和老公驱车五百里地返回故乡，是要接母亲到我们家过冬。因为不是周日，姐姐帮母亲打点好一切后去上班，只有母亲一个人在等着我们。

让老公拿着母亲简单的行李，我想扶她下楼。结果，母亲却拒绝了："还是我用手扶着楼梯栏杆下吧，你架着我胳膊走，我会更不得劲。"我便顺从了母亲，走在她的旁边照顾她。望着母亲用双手扶着楼梯栏杆下楼，她蹒跚的步履像极了电影里那些回放的慢镜头，也像极了一只背着沉重贝壳的蜗牛在缓慢爬行。眼眶里有泪水想要流出，84 岁的母亲真的老了，再不是年轻时那个为了讨生活、为了养活她的四个孩子，日夜在自己家田地里劳作，走起路来风风火火事事都要强的母亲了。

作为一个半工半农的家庭，比起同村那些双职工家庭或者夫妻双方都是务农的家庭来说，母亲的辛苦要比他们大得多。母亲加上我们姐弟四人，共分得十亩责任田，最大的姐姐 12 岁，最小的弟弟才只有 4 岁。姐姐每天放学的第一件事情就是到田地里帮母亲干活，我和妹妹每天放学最大的责任就是看护弟弟，然后再负责做饭、喂鸡鸭牛羊。而作为教书匠的父亲，不仅在学校担着主课，还担任着校长的职务。所以，如果不是节假日，他所有的时间都用在了学校里。

　　至于我们兄弟姐妹的善良，皆来自于母亲的言传身教，我们村里一户人家的母亲突然去世，她留下的四个孩子皆与我们姐弟四人的年龄相仿。入冬的时候，母亲看他们身上的衣服单薄，脚上穿的鞋子破得都露出了脚指头，母亲便把我们叫到身边，对我们说："娘和你们商量件事行不？你们看到没有，香菊的弟弟妹妹们这个冬天连棉鞋都没有，妈妈想把给你们做的新棉鞋送给他们，你们同意吗？"

　　接着，母亲又强调道："你们都是有娘的孩子，新棉鞋送给他们后，娘再给你们每人做一双更好看、更暖和的棉鞋。"我和弟弟妹妹皆点头同意。母亲看我们点头答应，便让我提着四双崭新的棉鞋，带着弟弟和妹妹亲自把棉鞋送到他们家中。

　　母亲和父亲的婚姻生活，我说不上是幸福的，也说不上是不幸的。面对满腹经纶的父亲，从小大字不识一个的母亲在父亲面前是自卑的。可她的这种自卑却又与她骨子里的要强形成了强烈的矛盾冲突，所以两个人在一起时，他们吵架的时间却比恩爱的时间多。那时，我们姐弟4人望着母亲凶神恶煞一般骂脾气温和的父亲时，内心曾经生出对母亲的讨厌。而母亲为了能追赶上父亲的脚步，往往白天在田野里劳累一天，晚上给我们做完衣服、鞋帽后，还努力自学了起来。一直到现在，从小没有进过学校大门的母亲，我们平日里所见到的基本汉字她都能认全并读出来。

　　在我的印象中，母亲和父亲真正恩爱相处的那段日子，应该是父亲生病住院的那半年多的时间。母亲精心照顾着父亲日常生活的一切，帮他擦洗身体，喂药喂饭。父亲口中说出的话是那么温情和感性，他用自己的手握住母亲的手说："等我病好回家了，我一定在左右邻居面前好好夸夸你。"那一刻，已经71岁的母亲像少女一般，让自己的脸儿绯红。

自从父亲走后，从悲伤中无法自拔的母亲说得最多的话就是："我的命一点都不好。年轻的时候，他只顾工作不顾家。老了老了吧，想好好和他在一起过几年好日子，结果他又提前走了。"还好，十多年来，母亲渐渐从痛苦中走了出来。

车子经过三个小时的行驶，我们终于返回了家。因为我家住在六楼，走到楼梯口的时候，老公蹲下身子要背母亲上楼。母亲急忙摇着头说："不用，不用，我自己上楼就行。"当陪着母亲走到三楼的时候，我和母亲的说话声惊动了三楼的左右邻居，两个老人同时开门与我和母亲打招呼。当两个老人问起母亲的年龄时，母亲大声向她们说："我今年84了，在俺大闺女家住一个多月了，现在到二闺女家来过冬天。"两个老人便齐齐赞扬母亲道："老姐姐的身体真硬朗。"母亲听她们这样夸赞自己，脸上便扬起了灿烂的笑容。

那一刻，望着母亲脸上的笑容，感觉似有千缕万缕的阳光普照在了自己的内心，似看到那些小幸福都端坐在了天空中那些纷飞的雪花之上，并轻轻唱着歌谣。

花毛衣 粉鞋子

作者：谷煜

初冬的阳光，是田地里绽开的大朵棉花，柔柔的，暖暖的，倾泻下来。

小院子的丁香，裸露着褐色的肌肤，正惬意地晒日光浴呢！来年春天，又是枝满绿叶，花满头。金黄的玉米棒子，你挨着我，我挨着你，在圆柱形的铁栅栏里，因日光显得更加艳丽。围栏里的几只小鸡，偶尔啄粒菜食，抬头低声咕咕，悠闲地踱上两步……

妈妈走出来，使劲甩甩手里的毛线，一把把地挂在晾衣绳上。刹那间，小小的晾衣绳就成了绚烂的五线谱，红的，黄的，白的，蓝的……各色毛线在微风里轻轻弹奏了起来。

妈妈开始了她冬天的美丽制造，关于花毛衣和粉鞋子。

那时，我们是爱美的小女孩。而那时，也是一个贫瘠的年代，不是谁都可以让自己花枝招展的。

但妈妈不在乎这些，她说："穿啥都没事，只要干干净净，利利索索，精精神神的就行，衣服破了再补上呗！"

所以，妈妈的箱子里放满了各种布头，仿佛是百宝箱。谁的衣服破了，她总能从中找出合适的一块，魔术般缝补出另一种风味的好看的衣服。

当然，妈妈也成了村里最爱洗衣服的一个。即便是农忙脚不沾地的时候，她也会见缝插针地找出时间，洗干净每一个人的衣服，哪怕只有星光相伴。

当一切的花啊草啊的都急急地躲开严冬，躲到哪个角落安逸的时候，妈妈依旧忙碌着，这种忙碌是又一种欢喜。

她把我们穿小的或穿破的毛衣细细拆了，把能用的毛线挑拣出来，洗干净，然后重新织成新的。

妈妈看着阳光，很放心的样子，说："没问题的，两天差不多就干透了！再有三四天，就能穿上新毛衣啦！"

我们听了，自然欢喜得不行。

妈妈把干透的毛线团成一个个的线团。那线团就像花儿一样，开放在洒满阳光的土炕上。妈妈拿出扦子（编织棒）开始起头了。

我们趴在一边，仰着脸，看妈妈把线头缠绕在竹棒上，绕啊绕。

绕着，绕着，就成了一寸两寸……的毛线片。

然后，又有新的毛线团加入。妈妈的两根扦子变成了四根扦子，一个毛线团变成了两个，甚至三个毛线团，同时缠绕在竹扦上。

天哪，简直成迷宫了！

我们惊讶，但不说话。我们知道，妈妈会给我们编织出各种带有镂空图案，或者花朵的毛衣。那样的毛衣，色彩明媚，图案丰美，定会在小伙伴间引起小小的轰动。

这样期待的日子，天蓝地暖。

午饭后的间隙，妈妈用火灶的余温，自做了糨糊，把积攒的布头一层层贴在木板上，放到阳光下晒。只待干透，为做新鞋子打下基础。

它们在阳光下享受着，毛线们在妈妈的手下继续着曼妙征程。

更为神奇的是，妈妈编织出的毛衣图案，绝对不会雷同。哪怕每一件上都有镂空，那镂空也要分出圆形、菱形，或者一个弯弯的月牙……

终于，我们穿上了用旧线织成的新毛衣，走在小伙伴们中间，尽情接受着她们及她们妈妈的赞扬。

多么骄傲啊，不仅仅因为毛衣让我们变漂亮了，更因为她们会说："你妈妈的手好巧啊！"

此时此刻，我们成了"虚伪"的小孩，那么喜欢这样的赞美！

于是，那些婶子大娘们就成了我家座上客，问妈妈："怎么做的啊？"

妈妈笑着，耐心地，一针针地教。有时候，实在弄不好了，干脆，妈妈加个夜班给织出来。

有很多的夜晚，妈妈就在煤油灯下，缠绕着一团团的线，编织着一圈圈的美丽。

这美丽给我们，也给父老乡亲。

毛衣穿上了，木板上的布头也干透了。对着样张，妈妈纳鞋底，剪鞋样。琢磨着，怎样才能做出一双与众不同，让我们欢喜的鞋子。

那年，没来由地，就喜欢一双粉色的，镶嵌着白边的运动鞋。

妈妈去了两趟镇上的集市，看那双鞋子的搭配，默默记在心里。

回家来，用纸张，回忆着，一点点剪，一遍不行，两遍，三遍……整整用去了我一个废弃的练习本，纸样总算成功了。

接下来，搭配布，剪鞋帮，纳鞋底，缝合……功夫不负有心人，鞋子到底做成了。

穿着去上学，同学们都惊讶了，哪里想到这会是妈妈手做的鞋子呢？

我美美地笑着，小小的虚荣心得到莫大的满足，整个人仿佛是春天，毛茸茸地长出一片花团锦簇来。自然，是要踏实努力学习的。

妈妈用这样一个冬天，娇宠着我和妹妹这样"虚伪"的小孩。

我们这样"虚伪"的小孩，也在春节时候，拿回一张张奖状，当作年画贴上墙。

　　不知不觉，妈妈种的丁香泛了绿。放下剪刀扦子，妈妈又奔向土地，开始去创造庄稼的美丽。

　　妈妈说，她不怕我们是虚荣的小孩，只要自信，只要善良，只要不停地努力，只要做个好人，你就是好孩子。

　　日复一日，年复一年。花毛衣，在一个又一个冬天里"妖媚丛生"。当妈妈看到微信视频里的我们，穿着更好看的毛衣时，她笑了，笑得坦然，笑得欣慰。

　　物质匮乏的时候，妈妈没有妨碍我们成为有上进心的小孩；如今，长大了，她依然不妨碍我们。因为我们都知道，为了一个目标不停地努力，并由此而生出善念的时候，那就成了一种力量，纯净温暖，生生不息。

锤衣棒

作者：成秋菊

童年，早上梦境被喊醒有三绝：公鸡报晓、田埂打号、棒槌洗衣。

公鸡鸣时尚早，心仍在梦游；打号只在一时，忍几步声渐消；只是这锤衣棒，声声催促，听得心中激荡。

心中激荡，主要是连着母亲的辛劳与疲惫，上夜班的母亲还没有来得及缓过来，一早又在河边锤打这一大盆的衣服了。衣服下水后的一阵阵旋涡，似深邃眼睛，将母亲吸了去。

小时候总担心母亲体力不支，在河边晕倒。不管回来多晚，一早若听到锤衣棒长时间的钝响，我们便齐刷刷拥到河边。

母亲只是笑着，高举着这锤衣棒。太阳刚升起来的时候，红色圆球好像要被锤衣棒抛开了去。锤衣棒落下时，那些衣服皮开肉绽，似乎生活的苦都能甩挤出来。

她动作麻利，这一上一下之间，天地间溅起了朵朵水花。零星的肥皂沫落到河边，在窄窄的河脉漂了去，透底的清澈，几只小鱼迎迓这不速之客。

河边开始安静了。

盆中的衣服越来越少，母亲手撑着腰。生我的时候月子没有坐好，落下了腰疾。累了，她便坐在一块卵石上。那石头滑亮滑亮的，中间有很微浅的臀印儿。水刚溅上去，颜色明暗凸现得明显。它是母亲疲惫时的依靠，也是空寂无人，独坐时的思忖。

母亲平时一直手中不得闲。跟父亲若有所思、吸根闲烟，一吐为快的状态相比，母亲好似这沉闷的棒槌，全然靠生活的支配，踏踏实实做着生计之内的一件件实事，点点滴滴。

但是后来，随着我细心捕捉的深入，发现母亲喜欢坐于这卵石间。因为河面低矮，倘若不走到岸边，是发现不了母亲的。她就一个人坐着，棒槌丢落在一边，已经干白。我看不清她的脸，从她背后轻轻传来她的低吟："北京的金山上……"

这首是她的最爱。当年妈妈家徒四壁，初中辍学务农。学生时代，一直是班里的文艺骨干。以前学校搞运动，她上台演唱的就是这首《北京的金山上》。那时候，声如百灵，婉转动听。可能上了年纪，给我们唱的时候沙哑迟钝，高音部分像是进入一个黑森的井，出不来，猛地跌落下去，再不断旋转，却磨不出星光。

她还是乐此不疲地教我们唱，童谣全部被红歌占据了。我们却不领情，有时候笑她唱得不好听。她便在那卵石间坐着，唱给星光日月、土地川河听。这是她生活之外的一点浪漫，与他人无关。

这锤衣棒，多用枣木制作，木质坚硬光滑，造型扁圆，手感好。老家有过这样的说法：新棒槌使用前，必须在腌咸菜的缸内浸泡数日或用开水反复煮几次，否则遇湿易出现裂纹。

刚开始买回来的时候，被当作宝贝疙瘩。但农务所需，一直敲敲打打是常态，束之高阁才是诟病，农家人讲究实在。这锤衣棒历经风霜，难免会有裂痕，表面清漆早已纷纷掉落，那被水洗过的暗白，不加修饰的简单，竟渐渐有了返璞归真的况味。阳光晒过，凑近了闻，嗅得隐隐木香。

就像母亲，曾经也是别家的女儿，出落得水灵俊俏，怀揣着小心翼翼的理想与心事。为人妻人母后，倾其所有地付出，有过孤介与温弱，容颜渐老。可在我们眼里，母亲何曾老过，岁月何曾斑白？

感谢这锤衣棒，陪伴着母亲的朝朝暮暮，也将我们的生活提粹得干净通透。

岁月，竟深藏如此诗意与生生不息。

臂弯下，最温暖的地方

作者：王玉秀

昨天天气预报刚报说今天有小雪，没想到今天起床，窗外就白了一片。气势有些吓人，一夜之间，树梢、屋顶竟都白了。

上学路上，丫头一直不说话，好像不高兴。

"妈妈，我好担心你会摔倒。"见她嘟嚷着嘴，我笑了。

"下大雪，可以堆雪人。"

"对，我要堆雪人！"

丫头一听乐了，一溜烟跑了。我还没有听清楚那句"妈妈，再见"，那俏皮的身影便消失在一色的校服里，只是那跳动的辫子还能依稀让我辨识那是我家的丫头。

瞧瞧！从前，我也曾这样在母亲的目光中从学校的大门进进出出，再从一个小姑娘变成了孩子眼里慈祥的母亲。那是一段时间的记忆，更是幸福的承载。

母亲曾说过，雪是一个害羞的姑娘，只有在夜晚的时候，她才会出来与大地约会，在洁白而又温暖的棉被下说着只有他们才懂的悄悄话。

不过，今天的雪好大！

不禁又想起母亲的手，那双结满老茧的手。寒冬里，她在做着什么？她的手有没有裂口？我买的药膏用了吗？

母亲年岁大了，过多的操劳使背有些弯，走起路来也没年轻时的那般利索，不过脸上的笑容却很多年一直都没改变过，温暖得像阳光。尽管她总是习惯性地把那双手藏在略弯的背后，好似害怕触痛我们心灵的某根神经。可每次回家，放下行李，第一件事就是喜欢默默地将她的手放在自己肩窝下，那个自认为最温暖的地方，感受一下我对他们的爱。不忍看，因为害怕。就这样拥抱着，彼此不说一句话。

那是怎样的一双手，岁月已经把它雕刻得伤痕累累，上面爬满了大大小小的口子。那些皱纹让人已无法知晓曾经那是多么美丽的一双手，不过那些都已变成依稀的过往。我只知道，这是一双为我们这个家刨掘幸福的手，一双依然美丽温暖的手。

记得有一次，我打电话告诉母亲，说过几日回去一趟。

那日回家，还是习惯性地拉过母亲的手放在肩窝下抱抱，可突然间感觉到来自母亲手指尖细微的颤抖，低头才发现她的手缠了胶布。面对我的追问，母亲只是说是不小心被刀划了手。当时我还埋怨她，岁数大了，做事还这么不小心。后来吃饭的时候，父亲悄悄地告诉我说，那是因为我告诉他们说过几天要回家，母亲就开始收拾家里，还把地里的一些农活赶着做完，就是为了在我回家的时候能留有空闲的时间陪我说话。可当时因为工作的变动，过了好长一段时间我才回去，母亲因为不见我回去总是在父亲的面前念叨，以至于有次割草藤因为注意力不集中而不小心划了手，划得还特别深。

望着母亲两鬓斑白的银丝，眼角爬满的皱纹，缠着胶布的手，还有那夹杂着些羞怯的笑容，心里突然间有什么东西被刺了一下，很疼。轻轻拉着母亲的手，好想告诉她，我们都已经长大，不必再这么辛苦。我们已经习惯了这里的一切，而在我们心中，他们的身体健康才是最重要的。

埋怨，思恋，歉疚，全都哽在了喉间，挤不出一句话。母亲摸了摸我的头，反而先开了口："丫头，没事，我就是担心你们回来住不习惯，嫌弃家里脏以后不愿回来，没事，没事。"我说不出一句话，只是把母亲轻轻地搂在怀里。头深深地埋在她的颈项里，像一个犯了错的孩子。母亲轻轻拍着我的后背，嘴里还念叨着"没事，没事……"

家里总有忙不完的农活，白天下地干活，晚上回来洗衣做饭，有空才会收拾一下家里，并且，磨豆粉手经常要浸泡在水里，所以母亲的手要比一般人的还要粗大，而且上面还爬满了开裂的口子。尽管我一直想用好的学业报答她，可我的学习成绩却一直不好，及不上姐姐的一半。但母亲从不曾责备过我，总是对我说："没事，只要努力就好。"

雪还在下，那些光鲜的身影依然在那洁白的世界里跳跃。我知道，那里有我，也有我最亲的人。尽管此时父亲已经不在，母亲也更加年迈，或许多年后回家，也不能看见他们为我们守候的模样，但我知道他们还在，还有这份值得传承一辈子的爱。

最浓的幸福，在人间烟火的深处

作者：清荷诗语

两颗明亮的星星和一轮如小船一般的上弦月挂在如墨的天际边，让大自然在夜色里呈现着一种无以名状的美丽。车子就行驶在回家的路上，极目望着黛色下的远山、近水、灯光和从身边急驶而过的车辆，一颗心早飞过千山万水，飞回家乡，飞进家乡的小院落、飞进家里的老屋和住在老屋里的母亲的身边。

为了给妈妈一个惊喜，我决定先不给妈妈打电话，省得习惯早睡的她因为我的到来而惊喜得无法入睡，一等等到深夜。给姐姐打完电话后，开始一路给女儿和爱人聊我在家乡的故事，聊自己小时候是多么调皮。

记得那时我们有十亩责任田，爸爸又在外工作，所以，所有累活和重活都压在了妈妈和刚刚懂事的姐姐身上。而我和妹妹基本是在家负责做饭和看弟弟的。但我是个比较懒并且一干活就喊累的孩子，所以妈妈分配的活我基本都不想干，一不想干就想着怎么样才可以不干，而姐姐干活最为靠谱和实在。所以，妈妈这边一分配完我活，只要妈妈不知道，我便会转脸以妈妈的名义再转让给姐姐，然后姐姐就会老老实实把活干完，而我却在一边捂着嘴偷笑。

后来，妈妈和妹妹实在看不下去，便把我的阴谋戳穿了。从此，我再假传圣旨的时候，姐姐总是先核实了再去做。

记忆里最开心的事情是跟着妈妈赶集的时候，可以到集上最大的百货公司买泡泡糖吹着玩。但每次老是只想着自己，不肯多买一块送给姐姐和妹妹。回到家，我吹泡泡糖的时候，妹妹总是眼巴巴地看着。有一次嚼到吃饭都不肯吐出来，但吃饭了，怎么办呢？我就把泡泡糖吐到一张纸上包好，等吃过饭再吹着玩。姐姐实在看不下去我眼馋妹妹的举动，在我吐出口香糖包好、放好去吃饭的时候，她悄悄拿了一个羊屎蛋给我包进了泡泡糖里。等我吃过饭重新把泡泡糖放进嘴里时，泡泡糖是又苦又涩，急忙吐了出来。

记得上三年级的时候，妈妈便开始把家里做饭的任务交给我来做。第一次和面擀面条，身边并没有人教，就是完全凭平时看妈妈和面擀面条时的样子。一直以为擀面条应该是一件不难的事情，先把面倒进面盆里，再放水，然后把面和成团放到案板上擀成薄薄的大饼，叠到一起后用刀切成细长条，面条也就做成了。

可当自己做的时候，才知道和面原来也不是一件简单的事情。一会儿面多了我加水，一会儿水多了我加面。就这样一直加面、加水，当最后终于把面和成团的时候，这哪是擀面条的面团，明明就是平时妈妈蒸馒头的大面团，这团面足够妈妈蒸一大锅馒头了。

望着这么大一团面，我可真是愁死了，怎么办呢？如果让妈妈看到了，还不得又要把我关到大门外面半天？黑灯瞎火的，把人吓个半死。突然，一抬眼看到羊圈里那几只正在悠闲吃草的小羊，办法就突然有了。我迅速把面团放到案板上，然后从中间一切两半，用铁锨在羊圈里挖了一个坑，把一半面团放进坑里，就把它埋了起来。

正在和女儿还有爱人讲着自己小时候的故事时，手机铃声突然响起，一看竟然是妈妈打来的。看路标，车子已经过了济宁，一个小时就能到菏泽了。我便从电话里骗妈妈说："刚刚吃过饭，在外面和女儿散步呢。等一个小时后，再给你打回去。"

一个小时后，我敲开妈妈的大门。她望着突然从天而降的我们，幸福地泪流满面，而我和女儿把老母亲拥在怀中，更是幸福感满满。

妈妈的唠叨

作者：季宏林

在我的记忆中，妈妈有很多味道。有乳汁的奶香味，有油烟的美食味，有手帕上的清香味……甚至妈妈的唠叨都会让长大的我愈发珍惜，而这些都是属于妈妈的爱的味道。在这些所有爱的味道中，我最喜欢的还是妈妈的唠叨。

可以说，我是在妈妈的唠叨中长大的。妈妈的唠叨就像一首催眠曲，让我酣然入梦；妈妈的唠叨就像一个指南针，让我不会迷失方向；妈妈的唠叨就像长鸣的警钟，时刻萦绕在耳畔……

妈妈的唠叨，简朴，浅显，易懂，让我终身受益。孩童时，妈妈会唠叨：尊敬师长，团结同学；热爱劳动，勤俭节约；与人为善，助人为乐。长大后，妈妈会唠叨：服从组织，团结同事；作风正派，勤奋工作；诚实守信，服务社会。

有一年，妈妈因脑梗死住院。出院后，妈妈的手脚不再像以前那般利索，说话也含糊不清，结结巴巴，但她仍改不了唠叨的习惯。每天早晨，她会唠叨："吃什么菜？"天气转凉了，她会唠叨："添件衣服。"我晚上爬格子，她会唠叨："早点休息。"当我因取得一点成绩而沾沾自喜时，她会唠叨："不要骄傲，好好地干！"当我试图享乐时，她会唠叨："多想想过去的苦日子。"

在妈妈的眼里，我永远是个长不大的孩子，是她一辈子宠着的孩子，是她一生一世的牵挂。由于每天生活在妈妈的唠叨声中，一天，我突然发现不知从什么时候开始，自己也变得像妈妈一样口吃起来，也喜欢在孩子们面前唠叨，将妈妈唠叨过的话一遍遍地重复。这大概就是耳濡目染的结果。

有时，我虽然觉得妈妈的唠叨有点烦，但转念一想，其实，妈妈的唠叨何尝不是一种对自己孩子深深的爱，何尝不是自己内心的孤独和倾诉呢？

妈妈现年逾七十，在她 48 岁那年，父亲溘然长逝。是妈妈用自己孱弱的肩膀撑起一个家，抚养 4 个子女长大成人。这么多年来，她一直和我生活。无论我走到哪里，她都会跟到哪里，从乡村到集镇，再从集镇到县城。直到现在，她仍每天气喘吁吁地爬高楼，还要忙着给我们洗衣、做饭。

古人言："良药苦口利于病，忠言逆耳利于行。"妈妈的唠叨，让我懂得了做人的道理；妈妈的唠叨，成为我战胜困难的勇气；妈妈的唠叨，化为我人生旅程的动力。妈妈的唠叨，早已融入我的血液，融入我的生命。

当我忧愁时，妈妈的唠叨驱散了我心头的阴霾；当我彷徨时，妈妈的唠叨让我的心情豁然开朗；当我生病时，妈妈的唠叨缓解了我躯体的疼痛。你说，世上还有什么比妈妈的唠叨更珍贵呢？

真的不敢想象，如果有一天，没有了妈妈的唠叨，我将怎么办呢？我的生活还会甜如蜜吗？我的生命还会像春天一样绚丽多彩吗？

妈妈，我这辈子愿做您忠实的听众，只为让您将唠叨继续下去，只为看到您爬满皱纹的脸上绽放出灿烂的笑容。

母亲的味道

作者：朝颜

　　母亲从厨房里出来，风风火火地替我打开房门。随风裹入鼻翼的，是一股浓浓的中药味。随后，母亲又急急地返身进了厨房，用筷子小心地搅动着碗里的阿胶。那些都是为我准备的。我的鼻子一酸，从小到大，母亲何曾停止过她在厨房中的忙碌？

　　从记事起，母亲总是与厨房紧密地联系在一起。她常常穿着陈旧的粗布衣服，一日三餐不厌其烦地摆弄着锅碗瓢盆，将油烟味悉数纳入衣服、毛发的每一条缝隙里。走到哪里，她的身上都散发着招牌般的气味，仿佛永远都脱不了家庭主妇的标签。于我而言，母亲的味道已是揳入心灵几十年的最温暖的味道了。

　　母亲刚刚嫁入父亲家时，还没有自己的厨房。分家以后，只好在唯一的居室窗外搭一个简易的灶台。天空为房，屋檐作厨。灰尘与小动物的粪便时常前来光顾，夏天的烈日、冬天的寒雨都曾经羁绊过母亲的生活。但勤劳的母亲显然不会被这些艰难打倒，她挑来大桶的清水，将锅灶擦了又洗，照样把日子经营得活色生香。惹得邻里乡亲时常前来观摩母亲的手艺，并回去教导自家的媳妇。

后来，母亲凭着她的坚韧，刚刚生完哥哥便举债张罗着建起了新房。此时的母亲，也终于拥有了完全属于自己的一间厨房。父亲喜欢吃本地的特色小吃，诸如红薯叶米粿、饭包肉圆、薯圆、艾米粿等，都百吃不厌。母亲自外地嫁过来，原本对这些小吃的做法一窍不通，但母亲天生有着好学好胜的本领，每当别人家做这些小吃时，母亲经常自告奋勇去打下手。一来二去，就让她给全盘掌握了。

于是，在红薯叶长势旺盛的季节，母亲的厨房里时常飘散着红薯叶米粿的清香味。逢年过节，母亲总不忘蒸好一屉一屉的饭包肉圆，父亲常常吃得赞不绝口。父亲是个放映员，经常走村串户地放电影，百家饭、百家味都尝过，可还是觉得家里的饭最合胃口。

在家的时候，他常常坐在灶堂里帮母亲烧火，一边比对着村里哪个媳妇做的饭如何："张家的太咸了，李家的半生不熟，还是老婆做的好吃啊！"此时的母亲抿嘴一笑，自是满心的得意，对于手上的功夫，又多了几分用心。母亲常说："男人在外挣钱做事，又在田里干重活，做女人的，至少要让他吃得舒服。"大半辈子过去了，父亲一直很恋家，几乎一天也离不开母亲，或许也是胃被牢牢拴住的缘故吧。

母亲的厨房里，做的永远都是家里人需要的食物。嫂子娶进门时，很快怀孕了。于是，厨房里又长期飘荡着煲汤的香味。母亲买来新鲜的猪肚，买来小母鸡，一天一天变着花样地做给嫂子吃，直到嫂子诞下一个七八斤重的小男婴。

再后来，母亲又将安排一日三餐的重心转向了孙儿辈。红枣、莲子、排骨轮番上阵，将侄儿养得白白胖胖的。最难忘的，还是我胃疼的那几年。母亲到处打听偏方，什么猪心煨食盐、猪肚炖胡椒、老母鸡炖仙人掌等，凡是相信有用无害的食物，都让我吃了个遍。最终我的胃好了，但我却不知到底是吃哪种偏方好的。这中间母亲付出了多少的辛劳，早已是无法计数了。

直到今天，已经成家的我还赖在母亲的厨房里蹭饭吃，母亲总是冲着我们的喜好备菜。可是当我扪心自问，母亲最喜欢吃的是什么时，却发现自己真的没有能力回答。母亲是天下最好的母亲，而我却是天下最不懂事的女儿。我望着站在厨房里的母亲，她的背已经因为长年的劳碌而佝偻了。我用力地呼吸着母亲身上的气味，那一缕缕浓重的厨房味，饱浸的全是母亲的爱与付出！

我接过母亲手中的筷子，搅动着碗里的中药。水汽氤氲上来，我的眼睛不由自主地湿润了。

第四章 —— 我的大英雄

我没有别的祈愿，只是希望时间慢点儿走，让我有更多的时间来陪父亲，慢慢地细数时光。

牵你的手，直到幸福的终点

作者：五月果儿

闺蜜在"十一"结婚了。婚礼行进着，我眼泪不受控制地往下流。朋友都笑着说："又不是你的婚礼，你激动什么？"我回应道："又送出去了一个大红包，心疼啊！"

只有自己心里明白，现在的我，禁不得这样的场景。

想起了去年我结婚的时候。婚礼前一天，我吃完晚饭就兴高采烈地回屋里去了：一会儿试婚纱、试礼服、戴首饰，一会儿贴面膜、护肤，做保养，忙得不亦乐乎。晚上也是激动得睡不着觉，满心期待着自己的婚礼。

当天，童话森林的主题风格，炫目明亮的舞台灯光，盛放期的百合花交相辉映，我踩着长长的红地毯走进了婚礼殿堂。一切都在轻快而浪漫的氛围中进行着，我也完全沉浸在自己的幸福中。直到司仪问父亲，有什么向新郎说的？父亲摇了摇头，只是左手拉起丈夫的手，右手拉着我的手放在了一起。他看着丈夫，用那粗重厚实的手轻轻地拍了拍我们，分明在说"拜托了"，扭头便走下了舞台。

而我却看到急忙转身的父亲，一双眼睛红红的，在强自忍着就要流下的泪水。那一瞬间，我鼻子酸酸的，眼泪断了线似的往下掉。

　　后来，我听母亲说，婚礼前一天晚上，父亲一个人坐在客厅里喝了小半瓶白酒。一向不善言辞的他回屋后，竟然哭着跟母亲说："一直觉得姑娘不小了，该嫁人了。可真的要嫁人了，这心里怎么会这么难受，我不舍得闺女啊！"

　　是啊，我长大了，成家了，一直在自己的人生道路上向前奔跑，竟忘记了身后一直默默关注着自己的父母。

　　还记得大学入学报到，小镇里长大、第一次出远门的我，看着陌生的一切，内心对未知的恐惧多于好奇和欣喜。当时，爸爸送我去学校，带着我办完手续后，又在附近宾馆住了一晚。第二天一早，他就去宿舍楼下接上我，在学校周围转了一圈，熟悉了环境，才坐上回程的车。临上车，他拍拍我的手说："有什么事情及时给我打电话。"

　　也是那样平常的话语，我听完却格外安心。走回学校的路，也都是爸爸带我走过的，仿佛他还在陪着我，便真的不那么陌生了。后来，出远门的机会多了，独自去了很多城市，也就不再害怕了。

　　工作后，虽然离家近了，回家的次数却并不多，每次都是匆匆地来去。有一次回家，午饭后，我躺在沙发上看电视。

　　父亲从外面回来，耀眼的阳光打在他的身上，我忽然看到印象里一直年富力强的父亲，头发里竟夹杂了不少白发，额头上的皱纹也更深了。我说："爸爸，你长白头发了呀？"他笑着说："你都多大了，我长白头发多正常。"

　　再返回城里，还是忙忙碌碌的，总说着要多回家看看。可是，一到假日，就总有各种各样的事情要处理，回家也是一拖再拖。

　　电话里，父亲总是说："忙了就不回了，回家也没什么事。你忙你的吧，别耽误正事了。"

父母就是这样，总是把最好的给你，却不愿给你增添一丝的负担。他们所愿的，不过是你的幸福和安好。

父母给予的，是山高海深的爱，我们能回馈的是极少的。现在，他们日益老去，我们能多一点的关心、多一份的体贴、多一些的陪伴，想必就是他们欢喜的。

荸荠

作者：成秋菊

谷雨过后，田垄间一片绿意盎然，明晃晃的水面浮一些水草，青蛙"扑通、扑通"声惊扰这碧波。

父亲神秘兮兮地说："带你们去个地方。"

我们便挎着篮子，拎着铁锹，随父亲来到田垄间某个狭窄而隐秘的水塘边，有一些蚊虫的翅膀浮动在水面上。夏天是不是要来了？一些虫卵开始在水中酝酿它们的生命。

父亲平时很少下地，不知道从哪里弄来一堆绿秧。

弯腰、弓背、插秧，绿秧被蜻蜓点水一样点在洼地里，水塘的水将泥土润泽得刚刚好。爸爸将满是泥巴的裤管卷起来，高兴地说："找了好半天，这里以后就是我们的秘密基地！"

那天，他由着我们带着铁锹在田间挖一些野菜野草，在田垄间用碎木随意搭建的一个个一米来长的小木桥上走来走去，他则一心弄他的绿秧。

水塘一下子热闹起来，微风吹拂，绿色划过水面。

我们蹲着，看着远天的羊群咩着被驱赶。月亮爬上来，静静挂在天空的另一边。但天空还是淡蓝色的，能清晰地看到远处电线杆上的一只只麻雀。

以后一段时间，上学有了盼头，会特意绕道，去秘密基地。一段时间后，绿秧长成了水草般一簇簇，藏匿在深凹水塘里。皓月当空，朝露暖阳，日子变得轻盈。

父亲喜欢抓一把炒熟的蚕豆、黄豆去田垄间散步，他的影子歪歪斜斜地朝田垄间奔跑去。夕阳西下，田地里的父亲像一帧油画。

经过了立夏、芒种、立秋……田地繁盛过、热闹过、荒芜过，因为秘密基地，我们开始窥见田地中朝朝暮暮、节气轮回的各种秘密。

冬至后的某个阳光灿烂的午后，父亲带我们来到那片洼地。洼地水已经抽干，上面一层湿湿的黏土。叶子枯了，小葱一样的茎根匍匐在地面上，错落开的枝蔓厚厚一层，温暖着这暮色苍茫的大地。父亲将手指浅浅探下去，慢慢从地里摸出了红褐色的、扁圆的、小木鱼一样滑溜溜的小家伙，爸爸笑着说："这些随意的才是生活的点缀！"

父亲开始让我们跟他一起摸这些小精灵。泥土是温暖的，太阳晒过后，大地的温度尚存，手伸下去像是母亲温柔的抚慰，又像寒冬腊月捂在被窝里毛巾包裹的盐水瓶，软软的，痒痒的。赤着脚，我们在凉丝丝滑溜溜的泥里踩着，碰到硬硬的疙瘩，伸手下去把它摸上来。

来不及等到回家，在干净的田垄水渠里用手在水中划过，那泥巴轻退了去，嫩的皮色黑中带红，像一种很特别的漆器。咬开紫红的皮，白色的鲜嫩果肉渗着淡淡甜味，甜味不多不少，刚刚好，能听到自己咀嚼时脆邦邦的声音。

到现在，我都吃不了煮熟的，生吃最好，感觉自己置身原野，朗朗清风吹过，连着大地的呼吸，日子是简单的、平实的。

几个月了，父亲的用心秘密被时间解开。

所谓的用心，只是生活日常，家人为我们准备的那一点点不一样。

从此，便爱上了这玲珑剔透的精灵，后来才知道它的学名叫"荸荠"。

明代吴宽的咏荸荠诗句："累累满筐盛，上带蔪门土。咀嚼味还佳，地栗何足数。"

而立之年，嚼出了更多的味道。

我的大英雄

作者：明岚静

　　眼前这个人，浓密的头发很干燥，像一堆枯草倒扣在头顶，却被打理得整齐有序。眼睛深凹在未被定型且凌乱的眉毛下，这对眼睛感觉很旧，一点也不亮，瞳仁边缘甚至有少部分血丝。面部又多了许多沟壑，咧嘴一笑时牙齿更加黑黄。

　　小时候，我喜欢骑在他的肩膀上。那时，感觉他好高好大，一个手掌就可以遮住我整张脸。骑在他的肩膀上，就可以看清那边的山有多高，那边的树上有多少只鸟站在上面，那边的路有多少匹马经过。

　　他教我刷牙，却总无奈我吞牙膏泡沫的习惯。那时的我怎么也吐不完全部的泡沫，好像多吞一次就可以让他再教我一次，他再教我一次就可以让他不那么着急去上班。他要给我讲故事，大多是他自己编的毫无逻辑的小故事，什么公主遇上奥特曼，什么猪和狗打架，什么狐狸吃小孩，什么西瓜地里有鸭蛋，什么书上藏巫婆……但我始终相信小蝌蚪变青蛙的故事，那段时间每天都在想，尾巴变短，长出四肢，又没了尾巴是怎么回事。也背着你去找，四只腿大眼睛白肚皮，长黑尾巴的青蛙。

那时，觉得你很厉害，能讲出那么多不同的故事，能每次刷牙都赶在我前头，能帮我扎头发，能每次都买到我喜欢的裙子，能帮我讲算术。后来，我渐渐长高，再也不听你的故事了，还经常惹事，犯下很多错误。但你从不打我，只是自己闷在肚子里气，气得面红耳赤，紧咬牙齿。好像被牙齿咬紧的嘴皮一旦松开，你就会忍不住自己的情绪破口大骂。甚至情绪一激动，就会提起板凳往我头上砸。很多时候，我总能感觉得到你在努力控制自己的脾气，我也察觉得到你的改变，也理解你努力压抑脾气的困难。

后来，你离开我去奋斗。我们见面时间很少，你叫我想你的时候就给你打电话，哪怕只是简单的咿呀。我说你要保重，要快乐，不要太想我。

有段时间，你在那边生病了，一直没给我说。等病完全好了，才慢慢在我面前提起有关"健康"的字眼，渐渐地也开始说你的孤独。

你说，你的日子很单调平淡，重复着雷同的上班下班，有时候想找个人说话都没有人听，挺寂寞的，不过也没关系；你说，你每天都过得一样，只是想念家乡；你说，你都不知道你生病那段时间是怎么熬过来的，整天躺在床上，难受死了；你说，虽然你性格不好，脾气暴躁，但把一辈子的心血都花在我身上了；你说你不能延长生命的长度，但可以拓宽它的宽度，来陪我长大。

我渐渐懂得并开始心疼因为想念我的你，但我又害怕没有足够多的力气去提起那么沉重的爱。所以，真希望阳光再暖一点，日子再慢一点，大英雄的陪伴再久一点。不为别的，只因为他是我的英雄父亲！

父亲

作者：不二妖颜

　　周末，闲来无事的我坐在电脑前翻阅全国的高考作文表，突然看到一个很有感触的题目《车》。想起了曾经作为学子的我，每天骑着自行车风里来雨里去的日子。

　　还记得初二那年，我的自行车突然被偷了，难过得我一整天都无精打采的。

　　父亲就骑着新买的自行车，带我去兜风。那时，父亲的背影还很稳健。坐在后座的我，紧紧地抱住父亲的腰，满满的安全感。

　　父亲说："这个世界上不如意十之八九。以后你还会经历更多更大的烦恼，到时候你也要像现在这样？"

　　那时候的我，并不是很明白父亲这话的含义。只觉得，父亲是在安慰我。

　　父亲陪我在河边坐了很久，才又骑着自行车，带我回家。伴着夕阳的余晖，父亲的背影有些模糊了。我有些害怕地抱紧他。

　　父亲停下来问我："怎么了？"

　　我没有告诉他，其实我很怕有一天要离开他们，独自生活。

高一那个暑假，我由于贪玩，连同人和车一起，摔进水沟，右手两处骨折。以至于到现在，每每阴天，手骨都还会隐隐作痛。

　　接到母亲的电话，父亲急急忙忙地赶回家。看着我肿得如猪蹄的手，气急败坏地骂我没有点女孩子的样儿。

　　在我难过得要哭出来的时候，父亲用他那略带粗糙的手，轻柔地揉着我的手。我再也忍不住地哭了出来，顾不上手的疼，整个人扑到他怀里。

　　医生叮嘱我，要在家里静养一个礼拜才能去上学。

　　学校离家不远，步行也就半个小时。我坚持不让父母接送，要自己走路。父母拗不过我，只好答应。到现在，我还清楚地记得那天的情景。

　　我看着手上的石膏，无奈地站在教室门口。望着滂沱的大雨洗刷着校园的每一寸土地。

　　忽地，一道熟悉的身影出现在我眼帘——是父亲！

　　那一刻，我心里有说不出的感动。我知道，父亲总是不善于表达他的情绪，但他会用行动来证明。又一次，我沉溺在父亲坚实的背上。送我回到家，父亲又急匆匆地赶去车队工作。

　　很久以后，和母亲闲聊的时候，母亲告诉我，小的时候，父亲天天把我放到他的肩膀上，扛着到处玩耍。这可是弟弟妹妹都没有过的待遇呢！

　　只要是我喜欢的，父亲都是二话不说地就给我买，母亲抗议多少次都没用。曾经有那么一段时间，我认为我会有现在那么孤傲的性格，都是父亲给宠的。

　　毕业后，出来外面工作。现在，自己也长大了，再也不会赖在父亲怀里撒娇了。

　　父亲他苍老了好多，满头的白发总是让人那么扎心。父亲变得爱唠叨了，时常对着我们碎碎念，脾气也大了不少。

可我明白，父亲老了。年龄越大，越想要家人的关心，才会变得有些无理取闹吧。

每每如此，我们还是很耐心地听着他的各种唠叨。千篇一律地汇聚在一起，都是为了我们好。

赋闲在家的那段时间，父亲抱怨自己白头发又多了好多。

还总是让我在网上搜一些"食疗小偏方"。每天固定的时间段，我都会准时地给他熬黑米芝麻粥，不管父亲多忙，都打电话让他回来吃一些。

母亲说，父亲睡觉的时候，喘气很困难，吓得她都不敢睡觉。全家严令父亲戒酒，规律饮食。

父亲却总是孩子气地让我们给他点儿酒，不给的时候会偷偷喝。事后，他也会自己主动承认错误，然后看着我们哭笑不得地给他找血压计。

并且每次都保证，不会有下一次了。

我看不惯他不听劝，总是跟他顶嘴。母亲经常说我很胆大，敢明目张胆地管着父亲。父亲的暴脾气，就连母亲都会怕他几分。我每次都反驳她，说都是他们给惯的。

这几年，父亲越发的孩子气了，经常半夜会叫我陪他聊天。每次聊天，父亲总会回忆我小时候的各种调皮不听话。三个姐弟中，就数我最无法无天，他也从没打过我。

我却最怀念，父亲骑着车，带我到处闲逛的情景。

现在长大了，再也回不去那时候的无忧无虑的时光了。长长的小巷，坑坑洼洼的路，细细的车轮印。夕阳下，一阵阵欢快的笑声，一长一短的影子……

我没有别的祈愿，只是希望时间慢点儿走，让我有更多的时间来陪父亲，慢慢地细数时光。

父亲脊背的汗渍

作者：王维新

  我出生在关中西部一个小山村，那里自然条件较差，乡亲们收获一点粮食要付出比平原人多几倍的辛劳和汗水。给我印象最深的是父亲脊背的汗渍。

  我们的村子位于地势低洼的沟边，耕地却都在山崖巅峰的塬上。农家肥都集聚在村子里，要把粪土送到地里去，唯一的办法就是肩挑。每家有多少个劳力，就有多少副挑担。这套工具其实就是一条扁担两个荆条筐子。每到冬闲的时候，往地里挑土肥就成了主要的活路。

  鸡叫头遍的时候，队长就打铃了。大人们咳嗽着，挑着筐子，挟着铁锨，从各家门户走了出来，到村头的大粪堆前集中，开始往塬上挑土肥。学校放了寒假，我也参加劳动。队长让我给大家发牌子，挑一担土肥发一个牌子，晚上凭牌子到饲养室里记工分。

  父亲挑的两个筐子最大，他把土肥装得满满的，还用铁锨拍实，它们就像两座小山。父亲挑得多，跑得快。寒冬腊月，天寒地冻。我站在那里浑身发抖，老爷爷抱来秸秆点着，让我烤火。我却发现父亲满头大汗，头上冒着热气，特别让我不能忘记的是他的脊背，那黑色的棉袄已经被汗水浸透了，一大片水印就像老师房间里的地图。

体力活非常累人，从半夜干到早晨，父亲饿了，让我回家拿来一个花卷馍煨在火堆旁烤，馍被烤得金黄，热透了。父亲从地里回来，我拍拍馍上的柴灰，递给他。父亲笑着接过馍，一掰两半，给我一半。我看见父亲大口大口地吃着，特别香甜。我被感染了，也吃起来。那时候，我还小，不怎么懂事。但是，我深深知道，粮食来之不易，那是我们的父辈用汗水换来的。

土肥在冬天被送到地里，把它堆成圆锥形，用铁锨拍瓷实，防止肥力扩散，再用周围的土盖住肥堆。开春之后，把土肥散开，就开犁播种了。

转眼到夏收季节，学校放忙假。父亲到地里去割麦子，我跟在他后面去捡麦穗。金黄色的麦浪翻滚着。烈日当头，地上起火，好像映照的空中也有蓝色的火焰。父亲穿着母亲用织布做的布衫，挥舞镰刀在割麦子。只听得"嚓嚓嚓"的声音在有规律地循环着，他两抱就捆成一个大麦捆。在他身后，两行麦捆整齐地排列着。父亲的左手揽着麦秆，右手的镰刀飞快地朝麦行里延伸着，脚迈开步子把割倒的麦子揽在一起。父亲的身后是平展展的麦茬。他的脊背被汗水一遍又一遍地打湿了，一遍又一遍地被烈日烤干了，留在脊背的那些白花花的汗渍像盐末绘制的图画。父亲额头的汗珠滴滴答答落在火热的大地上，很快蒸发了。我走到父亲跟前，掏出手绢给弯腰在那里捆麦子的父亲擦汗珠。我说："爸爸，您歇一会儿吧。"父亲笑着说："赶着好天气，必须抢收。万一下起连阴雨，麦子就发霉了。"

我感到自己吃到嘴里的面条和白馒头不是普通的粮食，那是父辈生命透支的见证，我没有理由和资格浪费它。否则，我就对不起终日辛劳的父母。

14 岁那年，我离开故乡，走进县城一家保密单位当学徒。第二年春荒的时候。父亲扛着半口袋小麦来到县城，他要到粮站去给我换粮票。他说："单位吃饭定量，还有 40% 的杂粮。你正是长身体的时候，我担心你饿肚子，晚上睡不着。我给你换些粮票，你饿了就到街上的食堂去买碗素面吃吧。"

　　老家距离县城 25 里，那时候没有什么交通工具，村里的人到县城来都是步行。父亲扛着这么重的粮食，徒步几十里。望着父亲脊背深深的汗渍，我的眼眶湿润了。父亲，您为了我操碎了心，我何以报答您的养育之恩！

　　我只有敬畏粮食，不忘父亲脊背的汗渍，珍惜劳动果实，让节俭与我终生相伴。

我陪老父逛京城

作者：赵宽宏

茶几上有两张花花绿绿的广告，我拿起来一看，是旅行社组织的老年夕阳红北京游的旅游广告。这应该是父亲拿回来的，于是我猛然想起，父亲这辈子还没去过北京呢。

父亲当了一辈子工人，年轻时虽在上海工作，但当年支援"三线建设"来到西部后，虽也出过几次差，但总的来说走的地方并不多。北京，远天远地的，自然也是没有去过的。退休后，我母亲的身体一直不好，于是，他就成了我母亲的"拐扙"，是母亲的依靠，自然是抽不出身外出游览。然而，北京在父亲他们这一代人心中是圣地，其地位是那么的尊崇，那么的让人心向往之……

丢下饭碗，我就去旅行社作进一步的咨询，有"双飞六日游"和"专列十日游"两个产品，"双飞"即飞机进出北京，"专列"即火车去来。

我是倾向于"专列"，先不考虑安不安全这个因素，在舒适度上，"专列"大概也是会略胜一筹的。然而，软卧全满，硬卧下、中铺全售完，仅剩上铺。父亲八十多岁了，上铺显然不可纳入考虑之列。那就"双飞"

吧，但是，八十岁以上老人需有家人陪伴。这个不是问题，我当即决定：伴父逛京城。

北京，虽因公去过好几次了，夕阳红旅行团行程上的景点，我也都去过了。但是，作为家中的长子，也已光荣退休，陪父亲逛京城还需要理由吗？

父亲八十有五了，虽耳聪目明腿脚健，身体一直比较硬朗，但毕竟年龄大了。而且我母亲也于两年前走了，现在只剩下父亲一个人。我要在他想玩能行的日子里，尽量照顾好他，让他放松心情，接触社会，缓解寂寞，满足他的愿望。尽管他这次想逛京城的愿望是很含蓄地表露出来的，我还是感到了不安，暗暗自责，我怎么就没想到趁他身体尚好，腿脚较健，能够走得动的时候主动带他去北京游玩呢！

在旅行社柜台前，用我的身份证和父亲的身份证办好手续后，电话告诉父亲具体逛京城的行程。他说："你忙你的，我一个人去就行了。我这身板，你还不放心啊。"我说："一来，人家说了，高龄老人要有家人伴。这第二嘛，京城那么大，我也想去看看啊。"

跟团如期到京，天安门广场看升旗、游故宫、王府井大街品小吃、登长城、观鸟巢、胡同里面阅风情，颐和园、圆明园，一路景色怡人心。

这个旅游团中，我父亲年岁最大，虽不离父亲左右，也仅仅如这篇拙稿的题目所说，一个"陪"字就够了，不需要用"带"。因为这一路游览，那些好多四五十岁的都走得皮懒嘴歪，逮着点空闲就要在路边找个地方坐下来，却不见父亲有疲累之态；有"游友"招呼父亲坐下休息一会儿，父亲总是说："谢谢，不累。"然后四处看看赏风景。更让我惭愧的是，那天登长城，有段长城快到一座敌楼时，脚下的坎非常陡，陡得似乎要竖起来了。

我心里发虚，跟父亲说："算了，不爬上去了。"可父亲说："你在这里等我吧，我自己上去看看。"一句"你在这里等我"，真的让我无地自容。父亲身板的硬实，与他本身体质的基础好有关，与他这么多年来每天坚持走两三个小时的路有关，更应该与他的心态好有关。

父亲个子不高，生得慈眉善目，遇人脸上随时展露微笑，遇事绝少在心中计较。父亲是宽厚的，我们兄妹四人从小到大，从没挨过打，哪怕是一个指头。什么事做得不对了，最多严厉地批评一两句就过了。父亲一辈子没做过什么惊天动地的大事，平凡得像一块石头。

然而，父亲在我们子女的心中，却是一座大山，让我们崇敬有加。父亲这次游览北京的出色表现，说实话，既叫我欣慰，也让我暗自吃惊。

"游友"们在夸赞父亲身体硬朗的同时，又纷纷夸赞我伴父逛京城之举，并且与什么孝啊顺的画上等号，这让我心中多少有些惴惴不安，于是反问道："这不都是我们晚辈天经地义应该做的吗？"

我的父亲

作者：隗学芹

父亲令我猝不及防地老了。

发觉父亲老了，是在年前几天，看到父亲低头坐在那里，无精打采。他不时擦一下鼻涕，喉咙里发出嘶哑的声音。我让父亲吃点药，他却说没事。再劝，他便有些不耐烦。

大年初二回家，父亲在卧床输液。姐姐说父亲是轻微脑梗。但父亲依然谈笑，说自己没啥病。

父亲输液几天后，一直没见好转。担心父亲病情会有变化，于是我和姐带着父亲到市医院检查。

一米八的父亲，现在走路略微有点不稳。我和姐姐扶着他走，这时的父亲乖巧地像个孩子，一点也没了以往的执拗。

我看着腰背微弯的父亲，心里特别酸涩。就在去年，七十多岁的父亲还骑着摩托车，跑几十里路来县城看我们。这个冬天，他还一直背着二胡、坠琴，带着他的民间乐队，给娶亲的人家演奏。从来没有想到，父亲有一天会变老，而且这一天是如此快。

今天，挽着父亲上下台阶，带着父亲坐电梯，牵着父亲骨节粗硬的大手，他对我依赖的样子，让我心里生疼。曾经怕我们受累，怕我们生活上委屈，一直骑着摩托车，奔波在子女家，给孩子们送去时令蔬菜水果的父亲，今天是那么紧张地任凭我们挽着走来走去。父亲，何时步履苍苍了？

经过 CT 检查，医生诊断说毛细血管有点堵，但是需要输液两周后才能看出疗效。医生让回家输液。

带父亲回家，一路上，我劝父亲戒烟，不准他再参加乡村婚庆活动。父亲只是笑。父亲现在说话有些含糊，舌头不打弯。我说："爸爸，如果你不听话，病情严重了，以后妈妈再唠叨你，你就只能乌拉乌拉反抗啦，看到时候你难受不。"父亲依然只是"嘿嘿"地笑。

回到家，母亲颤巍巍着跟进卧室，焦灼地问检查结果。我说和乡镇医院的检查结果一样，就是轻微脑梗。

母亲很焦虑，她一边把锅放在炉子上，一边喃喃自语："输液有些日子了，为何不见好呢？"

母亲身体不好。以往，父亲把家务都做了，母亲像个幸福的小公主，一边看着父亲干活，一边还在那里指挥。

父亲病了，母亲一下子坚强起来。她开始承担起家里的所有活计。母亲微驼着背，出出进进地忙碌。她不时站下停一会儿，让气能喘匀一些。

我心里满是不安。在这之前，只要回到家里，就和父母撒娇，见到父母就心情雀跃，和他们叽叽喳喳说个没完。每次进家门，我都会在那里走来走去，一边嘴里不停地说，还一边手舞足蹈。父母总是很温和地笑着，坐在那里看着我。

回到家，我总是享受父母做好的美食，还没有从享受父母之爱的幸福里清醒过来，父母却瞬间苍老了。尤其是高大威猛的父亲，那个雨天会给我们送伞、收获的季节给我们送菜的父亲，一下子安顺得像个孩子，我一点心理准备都没有，父亲就变老了……

回城后，我打电话给父亲，没想到他竟然推了垃圾车去倒垃圾。我开始没头没脑地批评他。父亲只是在那端笑，依然说着自己是小毛病不碍事。

放下电话，我泪如泉涌。远离父母的我，不能给父母解决生活中的问题，却指责父亲不听话。这些生活上的小事情，父亲不做，谁做呢？我们的翅膀都太硬，飞得都那么远。如果知道父母有一天会这样苍老，我还会远离他们吗？要是生活有预演，那该多好呀！

两周后，父亲的腿依然不太灵便。去大医院做复查，医生说需要静养。可是，当我再次回家时，大门紧锁，心里慌乱着赶紧打父亲的电话。那边父亲大声的说话声震得我耳朵发麻。原来，父亲一大早开着车，和母亲赶集去了。

父亲说，他没病，身体好着呢，让我放心。

有多少爱可以重来

作者：张海英

　　时光渺渺，记忆酣睡在幽深的巷口。一些回忆深远绵长，伴些许清风，徐徐暗香。暗香，是那些甘美的记忆，如尘封的佳酿，开启时，呼啦啦迎面而来，不饮自醉，不品自香。

　　往日不可追，那些伴随在生命中身前身后的爱，仿佛还在，一低头，便莞尔轻上，自心底荡漾而来，绵延至嘴角眉梢。

　　稚子学步时，一双温暖而坚定的手，给我慰藉，予我力量。为我打开了一扇未知的门，鼓励我迈出了人生第一步。天高地阔，我可以任意去闯。还有一个如山的肩膀，是我走累了可以无忧无虑依偎的地方。记不清多少次我赖在上面，悠然梦乡。这个肩膀曾经为我撑出了高度，让我知道山外有山、人外有人，山的外面是远方……

　　那双温暖的手和那个宽阔的肩膀，让我今生眷念，永生不忘，是如倦鸟的我永远可以回巢依傍的地方。没有了，此生再也没有一处地方，可以温暖安逸到如此了。那时那刻的爱，依然生动，饱满地停留在那一刻。那张无忧无虑孩子的脸庞，仿佛伸手可触。

粉嫩鹅黄的青葱岁月，我们一脸纯真和张扬。两小无猜形影不离的情谊，是在清风小雨里一起懂得的秘密，是一季又一季的花开灿烂，是一年又一年的锦瑟沉香。风雨里，我们骑单车呼啸而过，把自己跑成一缕风。不管岁月如何，我们要自己的未来！华年里，澄澈的双眸写满好奇和欢欣，一字一句，满是绿意。那些清爽的汗滴，在记忆里依然闪着光，清澈如露珠，微微轻颤。

　　白衣栀子，如花开放。时光之外，我把自己站成一棵树，只待花香满径时，有一个人，自远方欣然而来……也愿独立残阳，也喜春花秋月，低眉时的含羞执手，便是如初见的心醉。那时，听苏芮的歌《牵手》，一遍又一遍地听，听得初阳灿烂，日落西山。仿佛生命便是如此了，所有美好都在生命里继续着，直到永远……

　　生命一路沉淀，日渐丰满。当我也牵起一双粉嫩小手时，便深刻体味到爱的真正内涵。那些不计代价的付出，是一种幸福，是一种自觉不够的心甘情愿。牵起这双小手，就牵起了整个世界，仿佛前面有一扇门，等待我去帮他开启。我开始感恩，感谢生命之初温暖我的那双手；我开始宽容，宽容生命里所有曾经的不公；我开始珍惜，珍惜生命里所有停留和路过的人；我开始感悟，感悟生命里所有的途经和途经过后的苦尽甘来。

　　时光的沙漏，分秒不停。记忆深处的温暖，常常不经意间，暗自袭来，在生命的辗转里，在心灵薄凉时。回忆，让我沉湎，滋生出那些感念，携暗香蜿蜒浮动。那些温暖的爱，依然停在原处，不曾稍离，让我的人生如此馥郁芬芳，如此妍丽多彩。静好的日子里，翻检出来，一一回放，仿佛人生又重走了一回。

　　时间缄默，流年不再，到底有多少爱，可以重来。

第五章 —— 温暖的记忆

人生有些事如果不及时做，就会成为永远的遗恨。哪怕当时做得不好，也强过只是想着。

团圆

作者：花莉敏

"二姐，你们一家怎么回来了？不是说在婆家过年的吗？"

"小妹，你们怎么也回来了？孩子还小，别因为来回跑让她受凉。"

除夕这天晌午，原本只备有 7 个人的饭菜，因为二姐和小妹一家的归来，变成了 13 个人的年夜饭。

该蒸的蒸，该炒的炒，脚打后脑勺又得折腾一下午。

家乡人把腊月三十叫年祖。这是一年中最忙碌的一天，也是家家户户最热闹的一天。在外务工、求学的孩子齐归家，女主人忙活张罗做"翻身南瓜""接年捞饭"，男主人打扫院落，将天地、灶神、对联都贴好后，再配上院帖、树帖及大门上的花红，整个院落红红火火，喜气洋洋。

这一切热闹与我们家无关。

嫁出去的女儿如泼出去的水，老家农村讲究出嫁的女儿年祖、大年初一不能在娘家过，传言会对婆家产生不利。今年，父亲过世后的第一个年祖，少了丈夫的叨扰，没有女儿外孙的陪伴，独守空院的生活更显清冷。电话里，母亲常常唉声叹气，却又无力打破世俗。

商量后，我和大姐两家决定回家陪母亲过年祖、过大年初一，没曾想二姐和小妹一家也都赶了回来。

回来就好。

回来就好。

年近七旬的母亲嘴里一直叨念着。

这是我们姐妹四个出嫁后第一次年祖在娘家团圆。

下午4点，女人们围坐在炕上切菜剁肉包饺子。"更岁交子"，年祖包饺子意味着包住福运、包住钱财，喻示生活幸福。有的人家还在饺子馅中放上洗净的铜钱，吃到者预示新的一年财运亨通，来年必有好兆头。那饺子就醋蒜（腊八蒜，北方特有食物），酸香甜辣的味道，漂泊在外的我已有多年未吃过了，待会儿终于可以堂而皇之、肆无忌惮地饱尝一顿了；小朋友们在外放鞭炮、抢玩具、争遥控器，好不热闹；女婿们则忙着剥蒜、切菜、蒸煮，在大姐夫这个星级厨师的带领下个个干劲十足。

北方的冬天，天空灰白、低矮，草木萧条，太阳也淡而白，不温不火，升起后，停在树梢，半天不动。院墙的阴影和阳光，将院子分割成明暗两部分。许是有感知，此刻，一道耀眼而夺目的光照进来，照进母亲心里，照到我们每个人心里，敞亮且明快。

忙活了一下午，晚上7点，一家人终于坐在了桌前。除了平遥牛肉、寿阳豆腐干、榆次元宵，以及饺子、油糕等各色美味佳肴，风味独具的各种面食，也使得江苏的女婿赞不绝口。过油肉，外酥里嫩；凉拌猪皮冻，弹性十足又软滑，入口即化；干炸带鱼，香气四溢；烧肉丸子，像一盆金灿灿的大元宝，好口味加上好彩头，特有的香味飘荡在整个小院，刺激着喉咙，勾引着唾沫。

这些对于我们姐妹四个，是妈妈的味道，家的味道！

"老头子，就差你一个人了。今年年祖，我们一家吃得很好，家里桌子都坐不下了！"母亲笑着对不远处父亲的遗像说，而我清晰地看到了挂在她眼角的泪水。

窗外，鞭炮声此起彼伏，时而远、时而近，忽然噼里啪啦乍起，消停一下又四起。我想，炮声驱邪、避灾、祈福，赶走年兽的同时，陈旧的思想也该随着社会进步而更新换代了。

岁月不居，时节如流。残缺，亦是美，这顿略带残缺的团圆饭于我们家来说弥足珍贵。

温暖的记忆

作者：王福利

据母亲回忆，我 8 岁上学的时候，因为长得瘦小，被老师误认为不够年龄。母亲好说歹说，学校才勉强同意入学。从那时起，一个戴着眼镜笑眯眯的老头成为我人生中的第一位启蒙老师。在他慈爱的目光里，我度过了快乐的 5 年小学时光。

现在想起来，陈老师当时并不老，大概也就四十出头，只是他戴着一副深度近视眼镜，而且头发稀疏，再加上说话慢声细语，在小孩子眼里，就有些像老头了。陈老师的确是脾气太好了，不只是对我，就是对待调皮捣蛋的学生，他也从来不发火，顶多收起笑容，表情严肃地说一句："注意一下课堂秩序，不要影响其他同学。"

总是顾及着那些捣蛋鬼们的面子，不当着大家的面点出名字，免得他们难堪。对"坏小孩"都这样，对我这样学习好、又听话的"好孩子"就更别提多照顾了。上课提问时，总是第一个叫起我来回答；安排我当课代表，负责收同学们的作业、发考试试卷；闲暇时，给我出几道课本上没有的难题，也算是"开小灶"。

至今还记得我小时候"生疹子"时，陈老师买了水果罐头去家里看我。对于这样的待遇，当时还未长大的我就已觉得大大超出一般意义上的师生亲情了。正因为受到老师如此的看重，我学习更不敢放松，时刻紧绷着一根弦，铆足了劲保持着第一名的位置。在我的心里，就是滑落到第二名，也觉得对不起老师对我倾注的感情。

　　5年里，陈老师在看我的时候，总是带着鼓励而赞许的笑容，唯独一次例外。我清晰记得，那是一个冬夜的晚自习，陈老师布置的课堂作业是一篇古诗，苏轼的《赠刘景文》，要求我们晚自习结束时必须熟练背诵，说完就回教师办公室了。那天，我刚从同学那里借来一套模子，准备回家用蜡油制作"十二生肖"，晚自习时，忍不住就拿了出来。

　　本想玩会儿就背诗，结果光顾玩把正事给忘了，直到后来陈老师进来，我才想起自己连一眼书都还没看。心里扑腾扑腾地跳个不停，翻开课本，抓紧时间一句一句默念着，越是着急，越是一句也记不住，合上书本，脑子里一片空白。只好暗自祈祷，千万别提问我。怕什么来什么，接下来发生的事，也在意料之中。陈老师进了教室，环顾全班学生，还是和蔼的口气："同学们背得怎么样了？下面，我来看看背诵的效果。"接着，便喊出了我的名字。

　　我从座位上站起来，双手支撑着桌面，不至于跌坐回凳子，脸涨得通红："荷尽……已无擎雨……盖，菊残……菊残……"结结巴巴地背完第一句，实在是想不出下一句了。

　　几秒钟的沉默，教室里静得出奇。"我不会背了。"含混不清地说完这句话，我低下头不敢再看老师脸上因难以置信而慢慢凝固的笑容。"坐下吧。"似乎有一声轻轻的叹息，重重地砸在我的胸口，脑子里嗡嗡响着，已听不清后面同学背诵的声音。那一次，我因贪玩，伤害了一直以我为豪、对我无比信任的老师；虽然过后老师对我的照顾一如既往，但我始终心存歉疚。

在此后的二十多年里，我经历了初中、中专，工作、结婚、过日子，不同形式的学习，陪伴着我的成长之路；每一次遇到不同的老师，总是习惯和二十多年前的陈老师相比较，直到现在，还没有一位老师能够超过陈老师在我心中的位置。

二十多年后，在街头偶遇退休后的陈老师，看到熟悉的笑容、稀疏的白发，想起曾经的温暖，恍如昨天。只是现在的陈老师，在多年的默默付出里，已经真的变成了一个老头。

一生有你

作者：农秀红

没有这个女人，就没有我。她是我的母亲。她把我带到这个世界上来，是受了苦的。她生我们姐妹都是剖腹产，她左边挨一刀右边挨一刀。

22 年前的 12 月 13 日，她突然从我们身边离开了——在她脑溢血入院的第七天半夜。她让我第一次明白了人生中最大的失去莫过于此。痛，心很痛。

她走的那天清晨，父亲一大早便匆匆地从医院赶回来帮她找要换的衣服。我看着父亲与平时有点不一样的声调，已经隐约地猜出一个最坏结果。果然，中午回家，就听到了她去世的噩耗。三舅在我们家，已做好了午饭。我边吃边流泪，一颗颗泪水滑进了碗里，咽到肚里。

在心里，我一声声叫着"妈妈"。我不相信她真的走了。在心里，我可怜起爸爸。他从此是我们唯一的依靠。那年他 55 岁了，我才 14 岁，青黄不接。我恨不能一夜间长大成人，为他分担。

22 年过去了，我也早已为人母。人说养儿方知父母恩，但我坚信自己要比很多人早明白到这一点。22 年了，母亲仿佛没有离开过我们。小学第一课，我们学的课文是"毛主席永远活在我们心中"，而母亲，也是那么深深地永远地活在我的心中。

小时候，她让我们睡午觉。我肯定是因为精力旺盛，总是睡不着的时候多。但是，1987年我参加中考，上、下午有考试，中午我是一定要让自己睡午觉的，以便下午答题保持清醒的头脑。嗯——听妈妈的话总是对的。

跟他相恋之前，早知道他也是个没了妈的孩子。当时泛上心头的竟是那四个字：同命相怜。

每年清明，我们一家都会去看她。先是父亲和我们姐妹俩，然后多了我老公，多了小子，再然后多了妹夫，多了小小子。我们一家人都想着，她永远是这个家的一员。即便在遥远的天国，她也会看得到我们。曾经有一年的清明，儿子将自己画的画烧给外婆。我记得那刻自己的感受，是欣慰，是喜欢。儿子对那个没有谋面的外婆从心底里冒出来的好，让我心安。毕竟是一家人啊，心是相连的。

我与妹妹，心灵相通。如同多年以前，我们私下订的规矩：绝不在父亲面前争吵！那时候，母亲已经不在了，我们还小，都不懂事。我这个大姐没有大姐样，那个做小妹的也总是不愿在比她大三岁的姐姐面前示弱。有一次，不记得是什么事引起的争吵，从不大声骂我们的父亲很生气。其实，他也不过就是声音抬高了几度而已。我感觉到了父亲的心痛，我们俩都非常后悔。订规矩由我提出，妹妹完全同意。

时不时地，我想，如果母亲在，我们又是怎样的景象？也许有老伴儿，父亲不会那么快地苍老。在他们一起退休赋闲的生活里，他们会一起买菜，我们也带孩子常回家看两老。总能从他们布满皱纹的脸上看到他们很心满意足的快意。

母亲生于1937年农历八月十五。她只有初中文化。不是她不想读书，而是家里有七个孩子，她排行第二。外婆是家庭主妇，一家九口人全靠做点小买卖的外公的收入生活。她从小要帮家里做很多事情，要带弟弟妹妹。尤其跟三舅关系最好。即使在她离开之后，三舅也常常来看我们，老说些当年他们姐弟俩关系最好的事。

母亲学医，十五六岁就参加工作，做过赤脚医生。她爱家、爱干净。那时，家里还没有消毒柜。每次饭前，她就是那个用开水烫碗盛饭的人。母亲很直爽很热心。有她在的地方，总是那么热闹，她的周围总有一群人。我记得她穿着白大褂在她上班的药房里跟同事们合影的一张工作照，一群同事中间，她笑得那么自然、朴素、温暖。

母亲与父亲在性格上是互补型的。但家中大事，他们始终有商有量。母亲很能勤俭持家。1984 年，我们家新添一台日立彩电，不知引来多少小伙伴的羡慕。我出生后，外婆就一直在我家过。我一直不明白，母亲不是老大，又不是儿子，还经常大声大气地跟外婆说话，她为什么单单住我们家呢？现在知道了，母亲是外婆最疼的那个女儿。而父亲，是从心里最敬重外婆的那个女婿。

母亲不在了，但她永远活在我心里。她永远定格在她 49 岁那年，容颜不老。

冬夜暖心

作者：米丽宏

　　小时候的冬天，逢晴和日子，老人们总是凑在避风的地方，抱团儿晒暖。晒晒脚，脚不疼；晒晒腰，腰不疼……老奶奶们，还念经一样低低哼着歌谣。

　　小孩子，总是好动的。可是，奶奶总是用她慈爱的威吓将我"禁锢"在阳光地里。我只好拽着奶奶的衣襟，练金鸡独立；这脚，换做那脚，那脚又换回来。趁奶奶说得忘情，我终于有机会偷偷跑走，在门前小河的冰面上，坐在一块石头上，跟小伙伴互相推着跑。奶奶喊："河道有风，回来呀，晒晒。"我不听。奶奶便把粗布围裙撩起来，喊："谁吃饼干呀，谁吃饼干？不吃就给臭蛋儿啦！"这一招颇有诱惑力，我颠颠儿跑过去，被奶奶一把抓住。哪有饼干，不过是奶奶的诱敌计，骗我上岸罢了。但热火朝天的游戏，早让我冒汗了。奶奶摸摸我的头，也就放开了。

　　晚上，我脚丫冰凉。奶奶把被窝掀开一点，让我把脚丫搭在她的腿上，有时候还抱着。她假装气恼地嗔怪道："孩羔儿，凉死我了！"一面骂一面却又换个位置。温暖一点点传输过来，脚丫复苏了——梦像一缕缕温暖的云彩覆盖了我。

　　稍大一点，能独立了，跟妹妹到西厢房去睡。冬夜漫长，天寒地冻，下晚自习回来总是冻得瑟瑟的，热水泡过脚丫还是不行。我娘从赤脚医生那里讨回几个输液瓶，洗净、装上开水、塞紧皮塞。热水瓶子滚几遍被窝，再用一块旧布包起来，塞在脚端。人一钻进去，顿觉温暖如春；脚下一片暖，牢牢靠靠泊着；腮边脸上，覆着一片清新的寒凉。

　　长大后，接娘来住。有一次，干着活，我忽然打了个响亮的喷嚏，跟娘逗趣道："这是谁想我？"娘说："谁想哩？娘想哩。谁有娘想得多哩？"这话让我心里一热、眼里一热，首先想起的，是冬夜那缕缕的暖。

　　一同事说，她家有一只喂养多年的老猫，肥肥的，又憨又温柔。冬天，姐妹几个常常要发动"老猫争夺战"，谁争到老猫，老猫就跟谁睡。晚上，一盘老猫卧在脚边，毛茸茸、温乎乎，猫呼噜、人安恬，一幅和谐冬暖图。

　　前几日回老家，见一长辈坐在玻璃窗下晒太阳。年近九十的人了，鹤发鸡皮，嘴里没吃东西，但一直嚅动着。听了半晌，她是问我："住楼了没？"我答道："住楼了呀。"她继续嚅嚅道："那么高的楼，悬在半天空，上不着天下不着地，脚冷不？"

　　这大概是老家最传统的一种寒暄了，叫人忆起旧日温暖。那感觉，就跟见到村里那些粗笨的农具、怪脾气的牲口、摞得整整齐齐的干柴一样。一霎时，那种苦涩俭朴而又温暖的情愫，冉冉弥漫开来。

记忆里，那个滋养我生命的老人

作者：沙漠里来的悍将

"十一"长假的末尾，绵绵阴雨和湿冷的空气凝成深夜里的追思。我盯着爷爷的照片，心中默默地问："您在那边还好吗？"

六年前的某天晚上，我忽然坐立不安，被巨大的悲伤裹挟。第二天，坐上火车到家后，才知道爷爷快不行了。

大伯叮嘱我，不要告诉远嫁宝鸡的堂姐。

遗憾的是，纵使堂姐连夜赶火车回来，终究也没有见上爷爷一眼。

堂姐怨大伯，可也无济于事。

人啊，不失去的时候永远不知道拥有的多珍贵。记忆如流，思念千回百转，可再也触不到那个慈爱的人。

3岁，爷爷教我画鹅。80年代的农村只有煤油灯，夜晚漆黑的房间，熏得黑黑的玻璃罩，一灯如豆。爷爷用铅笔勾出一只鹅，耐心地教我如何起笔如何收尾。

5岁，爷爷教我和堂姐读书写字，晚上写字早上读书，每晚写到八点半才能睡。我们写字，爷爷就拿着放大镜看《三国演义》《水浒》之类的书。

第二天早上 6 点，就要起床读书。有时候，我们困得趴在水泥板支成的桌子上睡着了。伴随着爷爷一声严厉的催促，我和堂姐直起头继续读书。

7 岁，我骑着爷爷自己焊制的加大号三轮车，载着弟弟妹妹们撒欢，从村子的这头到那头，飞驰了一圈又一圈。

每次去骑车，爷爷都会在我身后叮嘱："路上慢点，小心不要撞着人了。"我答应着，人已经窜到了门外。

我的童年，是在爷爷的陪伴下度过的。

在我的记忆里，爷爷是个闲不住又热心肠的人。为了方便村子里的人，他便收集小小碎碎的石子，一点一点铺在房前屋后。时间久了，竟然成了大家常走的路。爷爷说："做人啊，你得为大家着想，不能自私自利，利他就是利己。"

那时候很穷，日子很苦。可爷爷从不抱怨，他做得一手好木工，又会些手艺，常常背起做工的家伙就走了。

走街串巷，四面八方，做些活计赚钱养家，一路伴着"磨刀磨剪子嘞"的悠长吆喝。

回来后，爷爷会给我们讲他的经历见闻，却从不说路上的苦。

我一直想着，让爷爷享享清福，好好孝顺他老人家。可爷爷还是因为年轻时落下的病根，得了腿疾。后来，爷爷的眼睛看不清了，耳朵听不清了，医院几进几出。

生活渐渐好起来了，他却饱受病痛之苦。

我总是陪爷爷在病床前说话，简单的家长里短，爷爷却听得津津有味，人舒服很多。

他总是说，别乱花钱，买那个干啥。可爷爷的眼睛明明笑得眯成了一条线。

111

我知道，爷爷心里定是向往好起来的。等着百花盛开的时节，我带他去看桃红柳绿，春江水暖。爷爷从来不喊痛，他一直都是笑呵呵地说："我好着呢，你不要总是回来，不要耽误工作，拿人家的钱就得好好干活。"

　　那些年，一直忙于工作，回家的时间变得越来越少。那时候，我以为一直都有机会，永远都有时间，爷爷也能等得到我尽孝。

　　可终究还是晚了。

　　"树欲静而风不止，子欲养而亲不待。"

　　直到爷爷走后，我才惊醒：人生有些事如果不及时做，就会成为永远的遗恨。哪怕当时做得不好，也强过只是想着。

　　爷爷走后，我与父母的关系缓和了许多，我的父亲也成了最孤独的那个人，他再也没有父母了。余生，我成了他的宽慰。

　　原来，死亡可以让人变得柔软，亲人的离开让我们明白亲情的可贵，也懂得了珍惜。

　　爷爷走后的前几年，我一直无法面对这个事实。

　　爷爷总是出现在我的梦里梦外。

　　可梦终究只是梦，无论你怎样去期待，它也不会成为现实。

　　再后来，为了化解心里的伤，我开始读心理学书籍，渐渐就明白了很多事。

　　原来，家人是一直爱着我的，只是他们表达爱的方式，或许总是那么不善于表露，藏匿在细细碎碎的时光里。爸爸是爷爷的孩子，我是爸爸的孩子，我们身上都有爷爷的品质。那是爷爷的传承，是他的精神在我们身上的延续。

　　其实，爷爷从来没离开过我啊，只是换了另外一种方式陪伴我。

　　他的爱一直持续滋养着我，成了我生命中最大的勇气。

开满莲花的朝圣路

作者：凉月满天

我们班的小安离家出走了，在距离高考还有三十三天的时候。桌上留下一张皱巴巴的明信片，明信片上是丽日下大昭寺的金顶翘角飞檐，旁边有四个字："我安，勿念。"旁边还有一张练习纸，写了一行字：我一定要找到你。

谁安？谁勿念谁？谁找到谁？所有人都一头雾水，只有小安的同桌欲言又止。

我把他带到办公室，从他嘴里得悉一个秘密。

原来小安以前还有个同桌，叫阿杰，两个人是好朋友。放眼课堂，这所重点高中的重点班里面气氛紧张，学生们个个磨剑擦枪，耳朵里只有不停的沙沙的书写和哗啦哗啦翻课本的声音，触目所见，有人在用力拉拽自己的头发，有人在手掌上掐出血印。

然后，阿杰突然就崩溃了，拿起小刀狠狠戳向自己的大腿。小安把他送到医院，他却趁夜深人静，从医院悄悄出走。几乎没有人关心他去了哪里，毕竟他的父亲远在国外，已另娶妻生子，母亲远嫁南疆，也有了儿女。

但是小安却一直不肯死心，上个礼拜，他收到这张来自拉萨的明信片，脏脏的，旧旧的，经过了无数辗转，看邮戳，都已经是三个月以前的了。他捧着它，脸上变幻了很多种表情，最终定格在似哭似笑。

这，大概就是他消失的因由吧。

一旦得知朋友的下落，就忘了要命的高考已经在前方缓缓敞开了黑洞洞的大门。

小安的父母急得发疯，到处查问小安的行踪，我也急得发疯，托拉萨的朋友帮忙寻找，可是拉萨那么大……

终于，小安拉着一个黑瘦的男孩站在我面前，我这个替代得了急病的原班主任而被临时抓差三个月的代理班主任，一下子跳起来，随手抓起身边一本书，劈头盖脸向他打下去。天知道我为了隐瞒他失踪这件事，犯了多大的错误，顶了多大的罪。要不是他给他父母打过几个报平安的长途电话，我绝对会去派出所报人口失踪案。

他不能请长期病假，否则得去校办室办手续，所以只能三天一请，两天一请，由我签字。我捏着冷汗，生怕他出了什么事，我落一个隐瞒不报，到最后说不定给开除公职，吓死我了……

他一边笑一边躲，一边搂着那个男孩的脑袋，说快，叫老师，这是咱们的新班主任。

"你叫阿杰？"我板着脸。

"嗯。"他的眼神清亮，神情淡然。

这个曾经因为学习压力过大而发疯自残的男孩，现在看来精神状态完全没有问题。小安说他下火车就后悔了，在这里找个人，跟在蚁海里找只蚂蚁类似。他就这样倒车又倒车，问路又问路，到最后一脚踩到一个乞丐身上，这个乞丐叫了一声"小安"，他才认出来这个是阿杰。

阿杰每天就在这个蓝天高远之地，静静蹲守，看手持转经筒的藏民来来去去，人人心中都有一个目标，都有一个奔头，都活得艰难而富有生机。而他，也渐渐觉得重新有了生活的动力，所以才会寄了那张神秘的明信片。

　　而小安之所以去找他，是在他意识到自己连简单至极的正弦定理都想不起来的时候。所以，既是为寻找阿杰，也是为拯救自己。"我再找不到生活的美好之处，我就疯了，名牌大学也救不了我。"小安说。

　　现在，两个孩子心中的阴霾荡涤得一干二净，而高考也已经迫在眉睫。但阿杰早因无故旷课被除名。

　　"没关系的，老师，"小安说，"我哪怕考不上一个理想的大学，也不会崩溃，因为我的心里有一个所在——太阳金晃晃，云彩像洁白的棉絮。"阿杰说："我可以重新学习，也可以找工作，无论做什么都不会再焦虑。因为我的心里也有这样一个所在。"

　　我笑了。两个孩子采取了既荒唐又愚蠢的方式，却怀着既圣洁又单纯的目的，所幸的是经过了迷失和找寻，又一步步重新走回来，既救了别人，也救了自己——沿着的是一条朝圣的路，路的两旁开满了金莲花。

　　谢天谢地！

孩童 少女 外婆

作者：柳兮

妈妈怀我时无人照顾，便回外婆家小住。那年闰六月，在第二个农历六月底，我出生在外婆家镇上的小诊所。

新婚不久的妈妈不会照顾婴儿，出了月子便把我丢给外婆，自己回到婆家帮忙做一些农活。我应该是最早的一批留守儿童，从此以后就跟着外婆长大。

外婆身材消瘦，喜欢穿棉麻藏蓝格子衣服，走路很快，衣襟生风。因为瘦，脸上没有多余的赘肉，显得很精致，是我喜欢的那种鹅蛋脸。眼睛不大却很亮，目光温柔。虽然年迈，皱纹横生，皮肤却很白。离近些，可以清楚地看到脸上淡淡的黄斑。

她是一位有耐心的老人，做任何事情都不急不躁，宁愿慢些，也要一次做到位。比如做饭，她喜欢把小米粥慢慢炖，把土豆丝切得很细，把鸡蛋打碎搅得很均匀，这样蒸出来的鸡蛋羹又软又蓬松。

小时候，我很瘦，体质差又挑食。外婆就每天变着花样做菜。她有早起的习惯，洗漱后，就挎着竹篮去村外的菜园。一觉醒来，只要她不在家，我就去菜园找她。途中经过石桥，远远地，看到她来了，就小跑迎上去。竹篮里葳蕤一片，叶尖滴着露水，绵密发达的根带着潮湿的泥土，太阳升起，植物的清香入了肺腑，才感觉我饿了，拽着她的衣角跟她回家。

因为挑食，吃饭要人哄着。有个邻居看不下去，觉得她太溺爱孩子，就在旁边怂恿外婆打我，还说："小孩子不能惯着，狠狠打两下就老实了！"我很生气，狠狠瞪着她，并让她离开。邻居气得吹胡子瞪眼，她的目光转向外婆，希望外婆教训我的不礼貌。但外婆并不责备我，也不反驳那个邻居，只是淡淡地说："我的宝贝外孙女这么可爱，我可舍不得打。"

邻居走后，外婆气哼哼地说："让我揍我宝贝外孙女？我傻呀我？她怎么不揍她孙女？"她不仅没打我，还给我买了一颗糖。含在嘴里甜甜的，我心里乐开了花。

乡下的冬夜很清寂，胡同里没有了人的脚步声，万物沉睡了，枯枝寒鸦，冷风刺骨。我怕黑，不敢出屋门一步。外婆便会把一切早早安顿好来陪我。

外面漆黑阴冷，屋里却灯火昏黄，让人感到温暖。院子里偶尔会跳出来一只野猫，"喵"的一声从低矮的柴禾垛蹿到门外，在余光下瞪着明亮的眼睛。我吓得慌忙抱住外婆，把脸埋进她怀里。外婆一边安抚我，一边用竹竿驱赶野猫，同时又数落旁边悠然自得的外公。

我体质不好，经常发烧，到了腊月更容易生病。难挨的寒冬，打针成了家常便饭。我被镇上诊所的大夫摁着，长长的针头扎下去，疼得我直哭。旁边的外婆再三让大夫温柔点，还数落那个大夫下手狠。

大夫并不计较，因为他跟外婆很熟悉，他是外婆的远房亲戚。论辈分，他叫外婆"嫂子"，他的诊所还是我出生的地方。因此，我每次发烧去打针，他都会调侃我。我望着他洁白的工作服，厚厚镜片后的大眼睛，不小心触摸到冰冷的听诊器，慌忙躲到外婆身后。当他把针头旋进针筒时，我预知一场灾难即将来临，吓得撒腿就往外跑。外婆会跟在我后面，追很远很远。

那年九月，父母来接我，我要回自己的家读小学。外婆万般不舍，一再要求让我在当地读，她继续照顾我，父母坚决不同意。因为照顾我，她付出太多精力，身体逐渐变差，隔三差五去诊所看病，身体枯瘦如柴，走起路来颤颤巍巍。

我走了，外婆送我们到车站，无奈又悲伤，一路上都在抹眼泪。妈妈年轻气盛，不懂安慰，焦躁地说："娘，又不是生死离别，你不要这样行不行？放寒假，我就送她过来陪你。"她擦干泪，吸了吸鼻子说："放寒假让你爸去接。"我则坐在三轮车上哭，时不时站起来要往下跳，不愿意跟父母走。我越哭，外婆越不舍。爸爸见状，对妈妈说："我们走吧，不然天黑也到不了家。"就这样，我回到了 15 公里外的家。

外婆对我的溺爱，让我变得娇纵。后来，每逢父母责怪，我常常感到失落，或痛哭流涕，或气呼呼地反驳："你们对我一点也不好，你们不是我亲生父母！还是外婆对我好！"读小学那年，外婆来我家小住，我俩睡在床上聊天，我突然问她："外婆，你什么时候死去？"外婆悠悠地说："我可不舍得死，我要看着你长大，结婚，生子……"我听了之后，咯咯笑了。

中考那年，外婆失约，离我而去。从此，想念，是别离的开始。盛夏，麦田，石桥，蝴蝶，孩童，少女，外婆，在那个夏天里长眠。

第六章 —— 风雨同舟三十年

年少时，人们常言爱，却不懂爱。经过了岁月的磨砺，人们不再把爱挂在嘴边，爱却早已植根心间。

当爱走过岁月，走进彼此的生命，两个灵魂紧紧相拥。

石榴花开

作者：赵悠燕

　　一夜风雨。早晨，女人突然发现院子里的石榴花开了，像一盏盏玲珑小巧的灯，在碧绿青翠的树叶上摇曳，泛着橙红色的光芒。不知道有多长日子了，女人吟诗作画，触景生情的细腻情感随着生活的琐碎繁杂而变得粗糙、麻木起来。她每天进进出出，漠视了院子里一道最美丽的风景，独留一树石榴花，在风雨中感叹、伤怀。

　　那天，男人打电话给她，说他又梦见她家的那棵石榴树，在风中轻轻摇曳。他还说起了一到夏天，院子里那繁花似锦、花香扑鼻的景象，蝴蝶飞来、蜜蜂嗡嗡，他看见她坐在石榴树下的藤椅里看书。男人说，他真的很想来看看，梦中的景色是否依旧存在？

　　女人搁了电话后，一下午怔怔出神。他不知道，原来的房子早拆迁了，她又搬了新居。选择楼层的时候，她无论如何也要一楼，她要把那棵植来的石榴树重新栽培，让它复活、开花、结果。

　　时光在不经意间流逝，女人变得奔波、忙碌起来。她想，如果知道成长以后的生活就是这样重复于父辈们的日出而作、日落而息，她宁愿不要长大，不要婚姻，不要孩子，不要家庭。只要能让她在石榴树下安静地看书，幻想爱情和美好的将来。

有一天早晨，她急匆匆地穿过院子，突然瞥见石榴树似乎一夜之间又长高了，树枝上居然挂着几朵耀眼的花，喜滋滋，兴冲冲，朝她绽放着开朗的笑脸。她的心里滑过一阵莫名的感动，似乎有什么穿过记忆拂面而来。

那段日子，她下班回家都会禁不住朝树上看一眼，生活似乎因为期盼而熠熠生辉起来。有一天，她终于发现，树上居然结了几只青涩的小石榴，在风中摇曳生姿，如她 18 岁时清纯和善感的少女情思。

春天来了。5 月，男人长途跋涉，从一个城市飞到另一个城市，再坐船来到这座岛城。她跟他说过，马上要建连岛大桥了。那时候，他可以开着车子过来，再也不怕被台风堵在岛上。男人说，天留客，那倒好，我真希望多待些日子。男人去看了以前去过的地方，找来找去却总找不到原来的痕迹，那儿的一切已变得面目全非，那条幽深的小巷，瓦屋内斜伸出的紫色牵牛花都荡然无存。矗立的高楼和崭新的街道让他有种恍惚的感觉，他心目中的羞涩女孩呢，已变成了青丝间藏着一缕白发的妇人。他们微笑着相视于石榴树下，千言万语却不知从何说起。

石榴花热热闹闹地开着，如他们深藏在心底的美好记忆。

空着的半张床

作者：陈亚红

周末从城里回乡下看母亲。

晚饭后，在母亲房间里，我一边把她放在床左侧的被子移到中间，一边说："等你睡下，我就走了。"

母亲颤巍巍地走到床边，又颤巍巍地上了床，哆哆嗦嗦地解裤脱衣，然后躺进被窝里。

我给她掖好被子，俯身在她脸上亲吻道别，熄了灯，关上门，走出房间，朝村口停车场走去。

走到车前，打算上车，才发现把钥匙落在母亲房间了，转身又往家走。

走进院子，发现母亲房间里亮着灯。正欲抬手敲门，却听到从房间里传出窸窸窣窣的声音。

"这么晚，她起床干吗？"我好奇地从门缝间往里看，看到母亲已下床，站在床沿，正把铺在中间的被子拉向床左侧。

我举手敲门喊道："妈，我把钥匙落你房间了，麻烦你开下门。"

母亲答应了一声，过来开门。

我进屋拿起钥匙，对她说："睡吧，我给你熄灯。"

母亲又颤巍巍地爬上床，躺进被窝。我给她掖被子时，忍不住问："这么大张床，你为什么不睡中间？"

母亲看看空着的半张床，又看看我，垂下眼，脸上有点紧张，就像被人发现秘密的孩子。

我蹲下身看着她，问："为什么？"

母亲轻轻地叹了口气，说："几十年了，我习惯了睡左侧。"

父亲和母亲结婚五十多年，父亲睡右侧，母亲睡左侧。这张床上，两人相依相偎几十年。父亲走了三年，习惯成自然，母亲还是只睡左侧。

她知道走的人再也不会回来，潜意识里，却依然保留着他在时的习惯，多年的习惯成了她生命的一部分。

我轻声说："我每次临走，都把被子铺在中间，你都下床把它移到一边吗？"

母亲微笑着点点头。

我把头埋到母亲胸前，泪如雨下。

母亲，时间带走了你的容颜，死亡带走了你的爱人，成长让我远离了你，生老病死的自然规律，让曾经充满欢声笑语的家，只剩下你孤独的影子。为了不让我担心，你不肯告诉我，你承受的孤独和思念。

你温暖的臂弯，曾是我梦想开始的地方；那空着的半张床，曾是你生命依恋的全部；这间小小的房子，曾经装满我们甜蜜的回忆。随着时间的流逝，这一切已经一去不回。从今往后，我唯一要做的，就是减少远航，减少飞翔，减少追风，用更多的时间，坐到这空着的半张床上，和你一起，怀念那些甜蜜的往事。

食人间烟火的居家爱情

作者：农秀红

　　有人说，男人在家里围着围裙，专心致志地剥一根葱，从容镇定地炒一盘肉，那样子很性感。

　　那真是人家说的话，我还真想不出更说不出口。我可以无数次地赞美他烹饪的菜香，但这种感性的理论说不出口。这点小伎俩，他一只眼就能轻易识破。当然，如果我真能对老公说他下厨是他最性感的时候，相信对他杀伤力极强。

　　谈恋爱时，老公为证明能干，侃侃而谈的常是穷人的孩子早当家的历史，又称自己乃食肉动物，单身时为改善生活他一个人是怎么一顿吃掉一只鸡的。平时在家煮饭菜，我都是打下手的份儿，诸如煮饭、洗菜、洗碗是我的事情，而炒菜总是他的事。特别是过年过节，更得劳他老人家来操心，要计划一大家人该吃什么又该怎么做，孩子吃香的他自己想吃辣的，爷爷喝点小酒还得加碟花生米，外公喜欢喝汤则靓汤少不了。去饭店吃饭，他乐意评价人家大厨做菜的色香味与刀功，还生出偷师学艺的感慨。他常说，哪一天失业了，至少还能开家特色餐馆，因为他二姨做斋菜那真是一绝，他已学到不少……

老公有几个拿手菜。他常常拿出来显摆却又不显得张扬。说起来，关于理论我知道得不算少，平时现场观摩更不下百次，但真正想吃好什么，具体操作的人还得是他，毕竟我做出来的味道不是差一点，而是差一大截。至今我也弄不明白问题出在哪里。问他，他狡猾地笑笑："说你笨你还真的笨！光放盐这一条就很多讲究，放多少，何时放，别的更不用说了！"

被打击的我乐得做起了甩手掌柜。如果他不在家，我们母子吃东西就很随便了，两个人，一大一小，能做的花样毕竟有限，我既不勤奋又不思进取，只能偶尔做一次，再就是下点面吃吃西餐、快餐。幸好我家儿子也没有对我的懒惰提出任何的反感。我只要几根火腿肠几块面包便能很好地对付他的胃。

习惯遥控我们的老公自然不能完全放心，每每在电话里听到我们又随便地吃了什么，总有话要说。我也习惯了静静地听，从不反驳，因为他说得太对了。

喜欢听老公叫准备碗筷的预报，那时，我就该抓起儿子去洗手了。

常常是，我在他正煮着菜的时候，被香味引到厨房。他一得意就忍不住："来，你先趁热尝尝，那汤得趁热喝。"我边吃边喝边叹："原来我的口叼是'得益于'你的培养啊。"他大笑，十二分得意。所以在人前，我从来都是给足了他自夸的资本，他可是一个入得厨房上得厅堂的男人啊。私下里，他挺不明白："你也不是大户人家的女儿呀？"我在心里乐：现在才发现呀，晚了！

我和老公应该是互补型的夫妻，即便在吃的问题上。如他吃的香辣油腻而我吃的清淡，他爱吃鱼身我却爱吃鱼头鱼尾。一旦合理分配了"任务"，我们总能把做的菜吃得比较干净，符合我不能太浪费的原则。当然，那些我们都不爱吃的菜你就根本不会在我家饭桌上看到了。

虽然我们住的小区楼下及附近的川菜粤小炒、西餐、快餐都很不错，但他在外出差回来，念叨的是怀念家常菜的味道，总说在外面吃没意思。我窃喜，嘴上仍不忘附和："当然是家里吃得舒服，穿着宽宽松松的家居服当然最开怀，既不用正襟危坐扮绅士风度，又不用说些客套话只管吃。呵呵，想吃肥肉可以天天买、餐餐做、顿顿吃，能不胖吗？"

老公便笑。他明知我在影射他近年来的长肉，却故作轻松："三十多岁的男人发福很正常啊！"然后一本正经补充道："人家说油烟味闻得多了也会胖的！"我刚想说几句深表同情的话，哎哟，不对，他不是在暗示我不够贤惠吧？！

其实，很多家务事也正是在我们合理的分工中变得井井有条的。婚姻中的人，实在不会再去计较谁付出更多谁又付出太少，都明白这不是真正意义上的得与失。

因为，生着火的厨房有种意味深长的温暖。

因为，在经营家的乐趣中必定少不了厨房的锅碗瓢盆交响曲。

爱情也食人间烟火！驻扎在牢固的人间烟火的爱情，才是脚踏实地的居家爱情。

当爱走过岁月

作者：古小玥

　　妈妈总是抱怨爸爸不爱干净，脾气不好，不理解她。爸爸也很少像别的老公给妈妈很多的感动与惊喜，甚至在家的时候都很少看见他们待在一起。但是，不知道为什么，从小到大，我就是感觉爸爸妈妈的关系很好，觉得他们特别恩爱。

　　前段时间，奶奶由于生病，治疗无效，永远地离开了。爸爸在这个世间再无父母，只剩下我们这些家人。

　　妈妈是个慈悲心善的人，与爸爸结婚多年，与奶奶感情甚深。奶奶出殡当天，妈妈跪在灵前痛哭流涕，心疼奶奶一辈子可怜的遭遇，更是心疼爸爸此生再无父母。情到深处，妈妈无法控制内心的悲痛之情，昏厥了过去。

　　我们手忙脚乱地给妈妈掐人中，爸爸本来在别处忙着，闻声三两步便赶了过来。他推开众人，一把把妈妈揽在怀里，带着哭腔，急切地唤着妈妈的名字，手指颤抖地按着妈妈的人中，急得脸通红。妈妈终于醒过来了，她还是哭得停不下来，我们想拉她回去，可是她却无论如何也站不稳。爸爸用他瘦弱的身子努力地抱起妈妈，把她抱到外面。

在门口，爸爸双手紧紧环抱着妈妈，眼里闪着泪花。妈妈靠在爸爸的身上，依然泣不成声。爸爸拍着她的背，小声地安抚着。好一会儿，她嘟囔着说："太可怜了，没人疼你了，以后可怎么办呀？"爸爸由于劳累而苍老的脸上瞬间布满了泪水，他更加用力地抱着妈妈，努力地平复着自己的情绪，沙哑着嗓子说："没事，凡事有我呢。"

那一瞬间，周围站着的好多人一下子红了眼。"凡事有我"，一句最普通的话，在此刻，击中了人们那颗脆弱的心。世人都害怕孤独，而这句有力的承诺，让他们余生不再恐惧。人群中，他们俩紧紧相拥。此刻，他们是彼此的依靠；此生，他们都是彼此唯一的依靠。

我想，这才是夫妻的意义。当我们在这个世上再无父母时，成为彼此唯一的依靠，以后的人生中，没有父母的关爱，有彼此的关爱，没有父母的念叨，有彼此的唠叨，没有父母的牵挂，有彼此的牵挂。

他们就这样抱在一起，感受着彼此带来的踏实。

我是最见不得爸爸流泪的，看到他满脸的皱纹已是心痛不已。当这些岁月的沟壑再被泪水填充时，我更是心疼难忍。我不忍破坏他们的美好，也不忍他们沉浸在悲伤中无法自拔。我伏到妈妈耳侧，小声说："妈妈，你别哭了，你哭我爸就会哭，你还舍得让他再伤心吗？"本来哭得有些迷糊的妈妈，瞬间振作起来，抬手给爸爸擦了眼泪，努力克制了自己的哭声。

20多年的陪伴，他们从爱情走向亲情，从生命走进灵魂，他们的爱不再是言语上的轰轰烈烈，而是往后余生的永不分离。

年少时，人们常言爱，却不懂爱。经过了岁月的磨砺，人们不再把爱挂在嘴边，爱却早已植根心间。

当爱走过岁月，走进彼此的生命，两个灵魂紧紧相拥。

风雨同舟三十年

作者：王维新

我和妻子是 1981 年 10 月在西部一个小县城结婚的。介绍人是当时的县委宣传部长，他是我父亲和岳父的熟人。由于爱好文学的缘故，我们成立了"九勤读书会"，陈先生是我的文学启蒙老师。妻子当时是百货公司的营业员，我是电信局的报务员。

我们原来打算国庆节在国营第四食堂订做宴席，招待同事和亲友，食材已经预订了一些。婚期快到时，岳父的一个同事提醒他，上面要求很严，反对领导干部借儿女婚事大操大办。为了避免麻烦，我们只是招呼亲戚和家人吃了一顿饭。老人们便让我们去旅行结婚。

我们从千阳坐汽车来到宝鸡，在龙泉巷坐上了去西安的火车。下了车，走出车站，来到解放路上，看到熙熙攘攘的人流，不辨东西。后来，按照站牌所指，从东大街由东向西转过来，在唐城百货大楼逛了一圈，来到西京照相馆照了新婚黑白照，站在旁边看了看钟楼。凭着我的一个证件，住进了设在通济坊的省邮电管理局招待所。我们买了几根香蕉，拿回住处。原以为它很脆，谁知道剥了皮，原来是绵的，感觉很难吃，就

拉着我的手

送给了当服务员的一位老大爷。我们结婚时，我 25 岁，她 24 岁。按照当时的政策，我们可以享受一个月的晚婚假。回到县里，我们走访了双方的亲戚，帮助岳父家干些家务。

我家兄妹 6 人，我是老大；她家姐弟 6 人，她也是老大。两家的人口负担很重，经济状况较差。我们的新房就是我的宿舍，里面的陈设非常简单。她娘家陪嫁了一个木质合箱，那个大立柜和那对简易沙发是我俩到市场上买的。每当夜晚的时候，那个柜子就"梆梆"直响，我们也不知道是怎么回事，感到很害怕。后来询问木工，他说是用湿木头做的，温度一变它就会响。果然，后来我们发现柜子的扇面裂了几条口子。

双方父母都养活着一大家子人，我们靠自己的计划和节约，后来家具电器一件件都置齐了。

我们在一块已经生活了 30 年，搬过 8 次家，度过了一个又一个生活的困苦之日。我们至今并不富裕，但是，我们一直生活得很幸福。我们彼此一生都没有说过被许多人说滥了的那三个字，但是，彼此都十分在乎对方。我写作的时候，她把茶杯端过来放在我跟前，把水果洗干净放在我的手里，那年，我因车祸在县医院住院部四楼住院治疗。她从院里的食堂买下烫手的面条，一个台阶一个台阶上到四楼，把饭碗端到我的跟前。看到她疲惫的样子，我暗暗下决心，这一生一世要对她好。她是一个善良而质朴的人，每次去上街，她总要坚持给我买衣服，我坚决不要。我想，只要有换洗的就行了。她总是在生活的细节上处处关心我，我对她心存感激。我们没有山盟海誓，也没有卿卿我我，我们以平淡真诚的心对待对方。

1982 年 8 月，我们的独生女儿出生了。在孩子的抚养和教育上，她付出了巨大的心血。她以"给她一颗好心，不给她一张好脸"的原则来对待女儿，使女儿自小就有点怕她，但愿意对她说心里话。2000 年

7月，女儿以798分的成绩，夺得全县文科状元，成为当年北京一所高校在全国录取新生的最高分。2004年，女儿大学毕业，在一家上市公司工作，又带薪在北大读研究生。妻子退休了，亲友主张让她留在家乡给我做饭，我没有采纳他们的意见。我让她去报班，参加服装模特儿训练、参加合唱团、参加夕阳红舞蹈队。我想她退休了，应该有自己的精神生活、有自己的活动空间，我希望她天天在快乐中度过，不要变成一般的家庭妇女。

2010年夏季，她来到北京照顾怀孕的女儿。8月2日，小外孙诞生了。2011年年初，组织决定我退居二线。应女儿、女婿的邀请，我来到北京和他们团圆，和妻子一起照看外孙。一家人和和美美地生活在一起，尽享天伦之乐。

我们一同走过了30年沧桑岁月，留下了一段段甜蜜的回忆。打开尘封的相册，展现往日的身影，看到当年勃发的英姿，回想豆蔻年华时期的那种浪漫，回想人到中年的那种负重，回想暮年向我们走来的那种遗憾，我们忽然觉得青春如此短暂，过去的情景不可复制。我们感到有缘是一种天意，敬重是滋养婚姻的香料，体贴是相互爱慕的真情。只有心静才有忠贞，只有和谐才有幸福。

妻子的宽厚

作者：季宏林

我与妻子结婚 20 余年了。这么多年来，妻子总是以一颗宽厚的心，对待我和我所做的事。

说起我与妻子的姻缘，还有一段曲折的故事。那时，妻子生活在城里，家庭条件好。她在家排行老么，深受父母的宠爱。而我老家却在偏远的圩区，几乎每年都要遭遇洪水，乡亲们过着提心吊胆的日子。

那个年代，乡下姑娘特别向往城里人的生活，一心想着嫁到城里去。而城里的姑娘嫁到圩区，简直是一件不可思议的事情。

更何况，我家的条件差。父亲早已去世，只给我们兄弟仨留下四间平房。

我与妻子之间家庭条件的悬殊，让我产生了自卑感。在媒婆的一再催促下，我才鼓起了勇气赴约。见面后，出乎意料的是，妻子穿着十分朴素，扎着两条长长的乌黑的辫子，说话时有些腼腆，身上丝毫没有城里姑娘的洋气、娇气，倒是跟乡下姑娘一样的平常。我一颗突突直跳的心，一下子变得舒缓起来。

看着美丽、端庄的妻子，我的耳边仿佛传来《小芳》的歌声："村里有个姑娘叫小芳，长得好看又善良，一双美丽的大眼睛，辫子粗又长。"

妻子简单地问了我一些家庭情况，我一一相告。聊了一会儿后，我便起身告辞。说实话，我当时心里没底，只是抱着试试看的想法。我很清楚，横亘在我们之间的城乡差别，她和她的家人能接受吗？

后来，我从妻子那里得知，确如我当初担心的那样，她的亲朋大多不赞成，理由是："这孩子嘛，看上去倒也老实。只是，我们不能眼睁睁地看着姑娘往水里跳啊！"

据我的观察，妻子对我倒有几分好感。我觉得还有戏，就隔三岔五地去她家。看到她家里人做事，我也跟过去帮忙。我做事虽不在行，却干得十分卖力。

可是，用不了多长时间，我的犟脾气就暴露出来了。遇到不顺心的事或听到不顺耳的话，我就会倔强地拎起包裹走人。妻子见了，就耐心地规劝我、安慰我。

一次，妻子的闺蜜不解地问："桂萍，你也太任性了吧，放着城里的好日子不过，非要一辈子住在圩上，值得吗？"

妻子微笑地说："我嫁给他，只在乎他的人品，至于他住哪儿并不重要。何况，我们还年轻，只要好好地干，不愁没饭吃。等将来的日子好起来，我们也会搬到镇上去，搬到更远的城里。"

妻子不嫌贫爱富，让我十分感动，也十分惭愧。我暗下决心，将来一定要让她过上好日子。

她果真嫁到圩上了。结婚那天，在左邻右舍的热情帮助下，我与妻子在老家红红火火地办了宴席。乡邻们真诚地向我们祝福，对这位城里来的姑娘十分喜欢，也佩服她的勇气。

当然，我和妻子之间也有过争执，不过很快就烟消云散。

婚后，由于生活压力过大，或者说是愿望较为迫切，我一度变得意志消沉，郁郁寡欢，时常借酒消愁。

　　一天，为了一件鸡毛蒜皮的小事，我竟冲着妻子大吼起来，狠狠地摔坏一只茶杯。受了委屈的妻子，眼泪扑簌簌地流下来，将多年来深藏在心底的苦楚一股脑儿都倾诉出来。妻子的哭诉声，让我彻底清醒过来。

　　想起她，为了我，为了我们这个家，她吃苦受累，从来没有怨言，反而时常安慰我，鼓励我。那一刻，我泪眼蒙眬，感到一阵阵锥心的痛。

　　事后，我主动向妻子认错，重新振作起来，不再好高骛远，而是脚踏实地地干好眼前的事情。

　　后来，经过一番打拼，我们终于在镇上盖了楼房。再后来，我们又搬到城里去了。果真来了个三级跳，实现了我们当初的梦想。

　　生活稳定以后，我经常利用工作之余，写写生活中的感受，偶有作品发表。妻子拿着它给亲朋好友看，还把它发到朋友圈，满脸激动、自豪的表情。

　　一天，我们一家人在一起聊天。我问儿子："你知道，当年，我和你妈是谁追的谁？"儿子"扑哧"一声笑起来，说："就你那样，当初也只能娶我妈了。"我和妻子听了，相视一笑。儿子又转过头去："妈，你又是怎么看上我爸的？"妻子娇嗔地说："还不是因为你爸那憨样！"

　　话音刚落，我们仨不约而同地"哈哈"大笑起来。

凌晨三点的爱

作者：卜昌梅

中秋，我临时买票回了家。弟弟早就跟母亲说好，放假要回家的。母亲满心欢喜，提前把弟弟床上的被子翻晒了一遍。我想给母亲一个惊喜，便没告诉她回家的消息，她自然没有专门为我铺床。

家里床倒是不少，我却不愿意另外铺床，偏要和母亲挤在一张床上。入睡前，没聊几句无关紧要的话，母亲的鼾声就响起来了。于我，听着并不觉得吵，反而觉得踏实。

不知几点，睡得迷迷糊糊的我依稀听见窸窸窣窣的声音。我睁开惺忪的眼睛，堂屋的灯已然亮了。不用说，母亲早就起床了。我揉揉眼睛，看看窗外，天色依然黑黢黢的，没有一点光亮。我也辨不出具体时间，便起身下了床。

我到堂屋里拿手机看了下时间，才三点十分呢。我有些愕然，便问母亲，起这么早干啥，她淡淡地答。起来事多着呢：要烧早饭，要去街上拿之前跟人家讲好的专门买来给我吃的小公鸡。这么说来，事情还真不少啊。

可是，再忙也不能这么不顾及身体啊。母亲的心思，我怎能不懂呢。平日里，隔着电话，我们总说外面的菜不及家里的好吃。这回，我们好不容易回来，她巴不得要把所有我们爱的吃食都做出来，让我们都尝一遍啊。

彼时，母亲已搬了凳子，坐在堂屋当中。为了不影响我睡觉，她把电视音量调到了最低。她一边听电视，一边掐南瓜藤。电视上播放的内容，母亲大抵是不关心的，只要耳边有声音就成。

我暗暗地想，父亲离开多年，母亲一个人在家的时候，估计都是以这样的方式排遣内心的孤寂吧。想到这里，我的心里生出无限的疼惜来。

南瓜藤是头一天去菜地里剪回来的。这个季节，菜园子里的菜蔬种类并不如前阵子丰盈，茄子、丝瓜、黄瓜、毛豆等都下市了，只有一些韭菜、青菜了。园子里也只剩下了绿色，并不显得单调。生命的颜色还在呢，景致当然差不了。

母亲种南瓜，并不是奢望能长出多少南瓜来，而是指望秧苗长出南瓜藤，一茬茬的，长出鲜嫩的来，拿剪刀剪掉，再拿去镇上卖掉。天一日日地寒了，南瓜藤也一日日地衰败了。

枯黄的叶子没精打采地耷拉着，遒劲沧桑的枝条随意地散在架子上，像上了年纪的老人，困乏无力。架子上鲜有几根翠绿的南瓜藤了。母亲一边剪，一边喃喃自语："再不剪快罢茬子喽，你想吃也吃不到咧。"言语里有掩饰不住的惋惜。

临了，都是母亲最懂女儿的心哪。母亲早知道，我每每回去，是不稀罕那些鱼呀肉呀的，菜园子里的各类蔬菜便是我最爱的吃食。应季的蔬菜太少，母亲只得想法给我准备。翠绿翠绿的南瓜藤，在她的手上翻飞，变成细细的丝儿，温顺地躺在筛水篮子里。

她知道，她的一双儿女远远地赶回来，只想吃上家常的菜呀。她要早点起床，把其他活儿干完，便有更多的时间来炖鸡了。何况，自家地里的芋艿、坛子里的腌菜、咸鸭蛋都还没来得及找出来呢。她忙，当然忙。我回去，她巴不得一天有 48 个小时呢，不然，这么多活儿怎么忙得过来呢。

　　我站在院子里，空气中都透着难耐的清凉。入了秋，乡下是一日凉过一日了。整个小村子都还在睡梦中，墙根下蛐蛐的叫声，一阵一阵。远处，有鸡在梦中打鸣。一仰头，看到了满天点点繁星，密集得像洒落的米粒。

　　返回屋子，看到了母亲渐渐苍老的背影，心头不禁一热。到什么时候，母亲都在竭尽全力地为我们付出啊。即便生活再多困厄，即便人生再多坎坷，她深深的爱就像夜空中闪烁的星星，留在我的心里，温暖地照亮我前行的路。

酸酸甜甜都是爱

作者：张莉

今天的晚餐是老公做菜。我坐在一旁，呆呆地看着老公有条不紊地切着长长的海带，眼中不禁噙满了泪花。糖醋海带，已经好久没吃了，但记忆里那股甜甜的酸酸的味道在心中却丝毫不曾减少。那是娘在世的时候，我还没结婚，糖醋海带有一段日子是我天天必吃的一道菜。由于好多年前的一次呼吸道感染落下了慢性咽炎这个病根，嗓子一直不舒服。看着我一个劲地干咳，还有吃东西时小心翼翼地吞咽，娘看在眼里，疼在心里。为此，娘咨询过当地医院好多西医、中医的大夫，都说没有什么彻底根除的好方法。不知为什么，打那以后，突然间，娘喜欢上了翻阅各类报刊，像是要寻找什么。而我只是单纯地认为娘喜欢上了文字。

娘读书看报的日子不知过了多少天。清晰地记得，那个春天的一个中午，娘赶集买回了好多海带。看着娘骑着自行车赶集回家疲惫的样子，很是心疼。娘却像是捡了宝一样，神秘地冲我笑，说要给我做道新鲜菜。

我不解，一脸疑惑地看着娘。心中不禁暗道：赶集就是带回来这么多海带，又没有买什么鸡鸭鱼肉，能做出啥花样？于是，便搬了马扎坐在一旁静静地看着。娘顾不得坐下歇歇，麻利地把海带放在清水里洗净、浸泡，然后捞出来切成宽约两公分、长十多公分的海带段，放在沸水里焯烫了，捞出来沥干水分。把葱花、蒜末、姜末切好，醋和白糖调匀放在容器里备用。

然后，在炒勺里放了两汤勺油，等油一热放入姜丝和蒜末。爆出香味后，娘又把切好的海带放进炒勺翻炒四五分钟，然后加入了调好的醋和白糖、少许盐，放进切好的葱花翻匀。就这样，眼瞅着娘把这道糖醋海带端上了饭桌。

娘抬起手，很自然地擦了擦额头上的汗，满是期待的眼睛盯着我刚夹了一口海带放进嘴里的筷子："前天，刚从报纸上看到这个偏方说糖醋海带对慢性咽炎食疗效果不错呢，我想让你吃一段时间看看效果怎么样……"听了娘的话，心中不禁一颤，泪顿时充盈了眼眶。原来，戴着老花镜读书看报的娘，是在寻找治疗女儿疾病的良方。这酸酸甜甜的糖醋海带，原来装满了娘亲对女儿的爱……

很长的一段日子里，娘一如既往不知疲倦地天天为我做一顿糖醋海带。而我，也在很长的一段时间里天天享受着糖醋海带这道娘做的美食。我的慢性咽炎竟然不知不觉地好了，直到现在也没有再犯过。而娘，就在我出嫁后的第二年，却永远地离开了我。那段糖醋海带酸酸甜甜的岁月永恒在记忆里，永远无法磨灭。

141

第七章 —— 天使的吻

孩子，如果你是天使，你就不会了解人世的喜怒哀乐，也不会有这般与众不同的快乐。

孩子，幸好你不是天使，才使得你这样的明媚，这样地温暖我的心。

他说，我一直在

作者：江晓英

有人说，陪伴，是最长情的告白。然而，父母对子女的爱和情又何须告白呢？

这种爱，可能最"狠心"，他们会扔掉你的"拐杖"，任凭你跌倒在地哇哇大哭也不伸手、不搀扶、不安慰。他们看你步履蹒跚，一步一个趔趄慢慢站起来，从这个路口，到下一个站台。

这种爱，或许很"凌厉"，让你屁股挨过"响板"，手心吃过"笋子炒肉"，额头"炒"过"爆栗子"，你不能哭不能退缩，你得听他们"河东狮吼"，从楼上传到楼下，从小时候念叨到你离开家。

《朗读者》中，麦家说："这是一次蓄谋已久的远行。为了这一天，我们都用了十八年的时间做准备。这也是你命中注定的一次远行。有了这一天，你的人生才可能走得更远。"

可是，你更远了，他们该如何"骂"你呢？

去大海的那一边，去地球的另一端，还是靠着社交工具等你来聊？

聊今天你那儿的天气好吗？中午都吃了点啥？记得晚上散散步多走

走，或者，试着交一个朋友吧。

你会说"嗯""好""行啊"，然后搪塞道"我正忙，先挂了哈"！你根本没耐心听完他们说那句"降温了，多加点衣服"！

他们只是忘了，你那儿已然明媚花开，早春来到。

这样一想，那些想要说的话如鲠在喉，该如何说，何时说，说多了说快了说大声了是不是你不爱听了？

其实，他们或许忘了，嘱咐和叮咛早已打成包装入行囊，随你去了远方。

然而，你去的远方，终究是没有唠叨，没有笑骂，也没有他们了。

他们对你的爱只是在一份默默惦记里，一次仓促通话中，一枚小小信封里。

当看到麦家在《朗读者》中读到"你从此没有了免费的厨师、采购员、保洁员、闹钟、司机、心理医生，你的父母变成了一封信、一部手机、一份思念，你成了自己的父亲、母亲、长辈"的那一刻，很多观众哽咽了，我也哽咽了，天下母亲和孩子也会哽咽吧。

没有父母的远方，你是你，也不是你了。你是他们走远方的影子和心愿的方向。

于是，这世间的陪伴也不叫陪伴了，叫"我一直都在"。

他们一直在，就会陪着你闯天涯走海角，陪着你去看外面的世界，世界的精彩，还有精彩背后的挣扎和无奈。你哭着喊痛，笑着流泪，觉得自己无法坚持下去的时候，冷不丁他们站在你背后，拍拍肩膀说："我一直在！"

走，回家！

一锅饺子，一碗热汤，他们看着你狼吞虎咽吃饱喝好才肯善罢甘休，而那些所谓的委屈与不安、辛苦与烦恼也在此刻通通烟消云散。他们说回来就好，泪光中你看到了霜花已然开满鬓发。

恍然间，你长大了，他们老了。时间不知哪儿去了。

麦家说："我爱你，真想变作一颗吉星，高悬在你头顶，帮你化掉风雨，让和风丽日一直伴你前行。"

麦家对儿子说的，何尝不是天下父母对孩子说的？

恍惚间，像又回到了昨天般。

闺女长大了，她也要去远方。和许许多多的孩子一样，她是属于远方的。

临行时，我说："闺女，注意安全，平平安安的。"

"那我该早出早归随时汇报吗？"闺女笑着问。

"路上慢些，回去快些。"我关切道，"快快乐乐的。"

"那我苦闷、烦恼、伤心、忧愁时也要快乐吗？"闺女笑着再问。

我反问她："郁闷是过，开心是过，要不你纠结着过一天？"

"我才不要，高兴就好啦！"闺女一脸嫌弃地反驳我。

美好短暂，困苦不长，我只希望闺女健健康康拥有健全的身心就好啦！

譬如，她看嫩叶会珍惜，看红花会愉悦，看流水会心动，看青山会笑脸盈盈，甚至她看蚂蚁搬家、看乌云密布、看日暮将至也是心醉的。她能看到世界的澄净与美好、自然和朴实，看到尘埃中亮丽闪烁、有纯粹充盈。如果闺女看到了敞亮与纯真，那么，她的生命中就多了一分愉悦，少了一丝遗憾，心满意足就自然来到了。

闺女去远方，我的心也去了远方。但是，我不能告诉她。

麦家给儿子的信中最后说："好吧，到此为止，我不想你，也希望你别想家。如果实在想了，那就读本书吧。你知道的，爸爸有句格言：读书就是回家。"

读书吧，闺女，带着你的热爱，去远方。

哑巴的手机响了

作者：赵宽宏

哑巴的手机响了，我很是诧异。

哑巴是我的发小，每次回老家，总要去会会他。几年不见，哑巴老了不少，他也比画着说我也老了不少。从与哑巴的"聊天"中知道，他儿子儿媳都到外地打工去了，将两岁的孙子留在家中。

我们正"聊"着，电视柜上的一阵手机铃声引起了我的注意。

我这发小是哑巴，他的女人也是哑巴，只有那还不太会说话的孙子有"耳朵"。可他家里没有其他能听会说的人了，哑巴却在使用手机，让我觉得颇有些意外。

哑巴原来的"老婆"不是哑巴。这个老婆之所以要打引号，是因为从《婚姻法》的角度讲，又不能称之为老婆，他们没有领结婚证。不过，他假如想领结婚证也领不到，当年他还没达到结婚的年龄。那时他才十三四岁，因为是哑巴，父母怕日后找不到老婆，就"包办"了。哑巴的父亲在镇上的食堂上班，因此，在那时的农村说起来，家境算是比较好的。父母给哑巴在村上找了个姑娘当童养媳。姑娘人长得还算说得过去，就是家里太穷，常常吃了上顿没下顿。"嫁"到哑巴家来，至少一天三顿有粥喝。因此，姑娘一家人就都同意。没想到的是，哑巴不同意这门婚事。哑巴虽比我大两岁，但也是我童年的好伙伴。我就比画着问他为什么不同意，他不说什么原因，就是比画着说不同意。"结婚"那天，亲朋好友都来了，一家人欢天喜地，就哑巴一人坐在巷子里，靠在一株柳树上无声地哭。我坐在哑巴身边劝慰了他好一会儿，他不吱声，就是无声地哭。直到今天，我还记得他那个伤心的样子。

都以为哑巴年纪尚小不懂事，或者害羞，时间一长就好了。不承想，哑巴就是倔，不理他的童养媳，不和童养媳"说话"，不跟童养媳睡在一起。好几年过去了，一直都这样。哑巴的父母还算厚道，将哑巴的童养媳像嫁自己的女儿一样择了个人家嫁了出去。

这时又有人做媒，介绍外村的一个哑巴姑娘给哑巴，两个哑巴一看，奇得很，还就相互都满意了。之后也就如歇后语说的，两个哑巴睡一头——好得无话可说了。日子流水一样过去了若干年，村上的事物发生了若干变化。可哑巴两口子的感情一直很好，琴瑟和鸣。后来生了个儿子，不聋不哑，成人后英俊潇洒。结婚生子后，小两口外出打工挣钱，将孩子留给了父母哑巴带养。

电视柜上的手机铃声一响，他那还不太会讲话的小孙子忙过来拍打哑巴，又指指柜子上的手机。哑巴明白了，对我笑笑，过去拿起手机按下接听键，像模像样地"啊波波、啊波波"了一阵，然后"呵呵"笑了几声，将手机放回电视柜上，心满意足地坐下，又边吸烟边和我比画起来。

我怔在那里。他又比画了些什么，我一时也没弄清楚。但我知道，那个电话分明是他在外地打工的儿子打来的，哑巴一接电话，等于报了平安。我脑海中充斥着亲情、血脉这样的词，只觉得周身暖烘烘的，心中感动不已。

天使的吻

作者：朝颜

　　清晨，迷糊中听到身边窸窸窣窣的穿衣声。说好了一起睡懒觉的，女儿却悄悄地起床了。我忽然感到迎面扑来的一股暖气，紧接着是她凑过来的柔软的嘴唇。"叭"的一声，她在我脸上印下了一天中的第一个吻。这就是我的女儿，在 10 年的陪伴里，她用稚嫩的双唇，给予我很多为人母的幸福和温暖。

　　我一直相信，女儿就是上天赐给我的天使。仍记得刚出生时，她闭着眼睛躺在我的身旁，小嘴巴刚刚挨近乳头，便紧紧地衔住，使劲地吸吮、啜饮着。搔痒、微痛，还有被触抚的快感，一种从未有过的奇异感觉像电击一般瞬间传遍全身。那是女儿送给我的第一个吻，它绵软而有力，由一种生命的本能驱使着，告诉我：从此你的生命将与一个天使紧紧相连。

　　从小，生长在农村的我少有获得亲吻和拥抱，许是祖祖辈辈都羞于表达爱，许是劳累使他们无暇谈及爱。我是那么生硬而笨拙，在他人的热情面前时常不知所措。而女儿，也许唯有女儿，能成为我脱胎换骨的契机。她是我的女儿、我的天使，是我肚子里掉下来的一块肉，无论我怎样爱她宠她亲她吻她，都不觉得羞涩难堪。是的，在她的婴幼儿期，我从来都没有吝惜过我的爱抚。直到今天，我才猛然发觉，其实她回馈我的，早已远远超过了我所给予的。

那是一个无比阴暗的日子。因一件家庭琐事，我与丈夫发生了争执，谁也说服不了谁，而后是无休止的相互指责，最后冲突愈发激烈。5岁的女儿站在一旁，只是恐惧无助地哭泣。丈夫最终摔门而去，我一屁股跌坐在沙发里，头脑一片空白，只觉得全世界都弃我而去了。那个口口声声说爱我的人，那个曾经如胶似漆、不分你我的男人，他到哪儿去了呢？泪水止不住地流下来，忽然为6年里失去自我的付出感到不值。不知不觉中，女儿悄悄地走了过来，用柔嫩的手臂挽住了我的脖子，在我的脸上亲了一口又一口，然后坚定地对我说："妈妈，我爱你！"我的女儿，她什么时候止住了啼哭，反而来安慰妈妈了呢？我禁不住搂紧了女儿，恍然明白，因为有她，所有的付出都是值得的。

每当我生日或妇女节、母亲节来临时，女儿总要提前为我制作一张卡片。卡片上，写满稚嫩的爱语，还不忘画上一个红红的嘴唇，代表她的吻。更逗的是，她还会悄悄地提醒她的老爸，要他为我准备礼物，至少买一朵玫瑰花送我。等到送礼物的那一刻，她领着爸爸，每人一边将礼物呈上，然后每人占领一边的脸颊，不约而同地送上一个亲吻。这个时候，我觉得自己真是世界上最幸福的人。

上小学后，女儿依然不忘每日的爱的功课。她常常说："每天早上起来必须要做的三件事就是——刷牙牙，洗脸脸，抱妈妈。"女儿沿袭着很小的时候养成的习惯，把亲吻当成一个隆重的仪式，捧住我的脸，上下左右中（额头、下巴、左脸、右脸、鼻子）每个地方都不能少。每当她抱着我、亲吻我的时候，再多的阴霾都会从脑海中退去，取而代之

149

的，是阳光，是温暖，是贯穿于全身心每一个角落的熨帖。

夏天来了，转眼女儿已经 11 岁了。出差几日，回到家里，女儿送给我 8 种味道的吻。吃一口金橘，亲吻一下："妈妈，我的吻是金橘味的。"然后是蒸蛋味的、白薯味的、青菜味的……还有果丹皮夹着快掉的牙牙味的。我感到自己被各种口味的吻轰炸得快要晕了，当然，那是幸福的眩晕。

哦，天使的吻。

最好的爱

作者：薄荷花瓣雨

"弟子规，圣人训。首孝悌，次谨信。……亲所好，力为具。亲所恶，谨为去。……亲爱我，孝何难。亲憎我，孝方贤。"

孩子从两岁多开始学习《弟子规》这本书，这是根据孔子教诲编成的生活规范，其中有一条就是孝顺父母。

21岁那年，我离开生活舒适安逸、气候怡人的南方，到竞争激烈的北京城打拼。这一拼就是十多年，平均一两年才会回家探望父母一次。父母每天都会用电话传来暖暖的问候，而他们有任何病痛，常常都是隐忍不语。

记忆中，母亲是一位乐观、勤劳、要强的女人。

童年时期，家里并不富裕。父亲为了让家里能过上更好的生活，到外地打工好几年。母亲独自带着三个孩子生活，从无半句怨言。她的乐观让我至今想起来还有一点辛酸。印象中，母亲的眼睛里总是闪烁着由内而外的幸福感，脸上永远绽放着笑容。

生活的不易总会让人坚强。母亲每天5点起床，为孩子们张罗早餐。

我们吃到的第一口早饭暖暖地开启了一天的全新能量，当日现做的小米粥配花卷清香扑鼻。有时，则是新鲜出炉的滑而不腻的卷筒粉，亦或一碗香辣的老友粉。

早饭后，母亲送我们上学，然后就开始经营着小本生意，常常晚上9点才到家，就这样日复一日地维持着家里五口人的生计。

有一种母爱是"我很好"。

十几年过去，我和姐姐都已定居北京，家里的条件已不需要母亲起早贪黑的劳作。而母亲的爱却让我们担扰起来。

上个月，70岁的老母亲在同学聚会中，眼前一黑差点昏厥过去。后来听姐姐说，她没有告诉任何人，自己回来后拿着病历本跑去医院检查，血压超高至200。当时，自己一个人办理住院手续，行通血管治疗。也就从那时起，医生要求母亲必须每天吃降压和预防血管堵塞的药物。母亲要强了一辈子，这一次不得不在这次住院的经历中低头。

孔子说："父母在，不远游，游必有方。"

岁月逝，人已老。如今，父亲80岁，母亲70岁，我们也已四十不惑。

真正的孝顺不是在遥远的地方打打电话问候，而是当下回到父母的身边，让父母幸福晚年。

我带着孩子回到了南方，住院的老母亲依旧乐观道："没事没事，小问题，我很好，不告诉你们，是怕你们担心，影响你们工作。"

端详眼前的母亲，不由酸楚，时间带不走母亲的乐观，却带给了母亲满头银发、深邃眼窝、暗黄松弛的肌肤。

我把孩子的小手放在母亲的一只大手上，我紧紧握着母亲的另一只手，一股暖流萦绕心间。我想，陪伴才是最好的爱。

家有男保姆

作者：沂溪风

2017 年 10 月底，我左下肢受伤，需要卧床休养，而老公要上班，也没有别的亲人可以来照顾我，不得已只好请保姆。但我没有想到，前后不到一个月，换了三个保姆。

第一个，听说会做几十人的大席面，想着有口福了，在我出院前一天却告诉我来不了。

第二个，做了 5 天，被家人劝回去了。

第三个倒挺安心，可厨艺一般。我这个厨艺也够呛的人，今天要告诉她少放点油，明天又得指正她少加点盐，实在是考验人。有一次，智能饭煲无论如何不听她的使唤了，她"咚咚咚"把锅端到我房间，往我被子上一放，我就手拿了本书塞下面，可还是迟了，书上一大圈黑印，被子上一小圈。她赶紧拿了个抹布擦拭，我张口结舌："阿姨，这是厨房的抹布！"没过几天，这只锅又不听话了，我只好把在南区公干的老公叫回来修好。老公一走，她在厨房开始骂那只"蠢"锅，而此刻，我躺在床上尚不能下地，心下着实气恼。

后来，趁着去湘雅医院住院，辞退了她。从湘雅回来，我便死活不肯请保姆，求人情住进了一家私立医院，直到小年前方才回家。

说起来，请保姆之路虽不是一帆风顺，好在自始至终还有两名男性兼职"保姆"，让我不至于彻底无人问津。尤其是那名 8 岁童工，周末和寒假，成了我的忠实陪护，支使他我心理上完全没有负担。因为要大量喝水，一天下来要倒便盆多次，小家伙一开始很不情愿，皱着眉头，捂着嘴，一副嫌弃得不得了的样子。

我又好气又好笑，问他知不知道自己小时候，一天要拉多少次？每次身上裤子上脏兮兮的，我可从来没有嫌弃过啊！小家伙"嘿嘿"笑了，以极快的速度奔到卫生间把便盆倒了。每天起床或睡前，小家伙还主动给我打洗脸水，挤牙膏，也算是周到了。后来回家了，有一天放学，神秘兮兮地问我："我今天急着回家，你猜为什么？"我做了个惊讶的表情，他说："我想煎鸡蛋给你吃。"第一次独立煎鸡蛋，颜色嫩黄，还加了辣酱，我真心夸道："味道不错！"

另外一个，不用说也知道是谁了。家里正牌"保姆"倒下，此人思虑之事比平时骤增，加上额外多出来的许多事情，其辛苦可想而知。一开始动手术时，估计是请了平生第一个年假，陪我在医院待了 18 天，此后卧床的三个月，天天要侍候我洗涮，偏偏后来还突发静脉血栓，要立马送我去长沙诊治，种种疲累，不可胜数。

2018 年元旦前后，正是少见的冰雪天气，城区道路上的雪都冻成了坨。虽然天天有人铲雪，但一夜过后，新的冰雪又会铺满街道。为了安全起见，公共交通几乎全部停运，所有的外卖也都停了，我只能吃医院的食堂餐，每天千篇一律的腌菜加一点点肉星子，另配青菜或土豆，几天下来实在是没了胃口。有一天中午上班前，老公告诉我，下班后有点事，要晚些过来，让我饿了先吃点饼干什么的。

晚上 8 点左右，一股冷风挟带着一个雪人走了进来，那人双手端着一个小陶锅，往病床前的茶几上一放，开口问我："饿了吧？"我傻傻地盯着那锅，不明白锅盖上为什么一点雪也没有，又想着这人说有事，原来是弄吃的去了啊。他把锅盖一揭，一股诱人的香味飘了出来，居然是我最爱吃的羊肉，我惊喜地"呵"了一声。他笑了："你运气好，店子开门的不多，偏偏还让你遇上了一家有羊肉的，幸亏这几天店里没什么客人，不然你也吃不到。就是现炖的，花了一点时间。"我让他过来，伸手去拍他头上、身上的雪，触手的头发又湿又冷，衣服也是冷冰冰的。我突然鼻子有些发酸，想着自己要是没有受伤住院，此刻他就可以待在温暖的家里，也不用这样几头跑了。

到正月的时候，我已经可以下地了，但走动还是要依靠助步器。亲戚们知道了，热情地邀请我们去各家串串门，透透气。考虑到自己家和大多数亲戚家都是楼梯房，上、下楼必得老公背，我决定不去。老公却万般劝说，说什么我在床上躺了三个月了，再不出去见见光，唠唠嗑，身上要发霉了，脑子要生锈了。架不住这般吓唬，我只好勉强同意了。谁知老公背我上个六楼，至少要歇两三次，看来我是真的养胖了呀。去过一两家，我就不想去了。这人开始死乞白赖："老婆，求你了，去吧。我刚好不用做饭，多好啊。"我说："不行，我长胖了，你背我上楼太累了。"他笑得那个灿烂："你那不叫胖，你那叫珠圆玉润。你没发现自己皮肤变白了，变水灵了，越来越好看了吗？""有吗？"我忍不住"扑哧"一声笑了。

回想受伤后，我在床上躺了三个月，下地后又用助步器几个月，一直没有找到合适的保姆照顾我。可这么难挨的日子，我从来没有觉得生活不便，也没有觉得心情难受，家里的两个男保姆给了我正常人无法享受的待遇。

155

如果你是天使

作者：红尘紫陌

　　如果你是天使，亲爱的小鱼儿，我怎能想象如果你是天使？

　　如果你是天使，你便不会在静夜中啼哭，用无助的声音说明你的需要，我就不会在寒冷的冬夜里为你起身冲一杯奶粉，将你圈在我的臂弯里，眼见你满足地进入酣睡时的快乐。

　　如果你是天使，小鱼儿，你便不会在我们的大床上肆无忌惮地伸长四肢，霸占三分之一的面积，又会将身体紧紧地贴着我，甚至逼得我睡到床沿，差点掉下来。

　　可是，我正要发怒，却见你笑得"咯咯咯"出了声，原来你做了个好梦，我霎时又觉得你可爱了许多，心也平静下来了。

　　如果你是天使，亲爱的，你便不会将地上的泥土悉数弄到你的身上、脸上，把自己变成了一个泥人。那一刻的你调皮、搞笑，而天使不会做这些，不是吗？

　　如果你是天使，你更不会蹲在地上看蚂蚁搬家，如此专注，竟然过了一个多小时而浑然不知。

孩子，如果你是天使，你可能不会问我，毛毛虫的家在哪里，它的妈妈在哪里。

天使没有属于你的好奇，天使怎能体会你丰富多彩的世界？

你会在雨天看到地上断成两截的蚯蚓问我，它会不会疼？她的妈妈找不到它，会伤心地哭吗？

你会看到傍晚的野猫在垃圾桶旁上蹿下跳地寻找食物而问我，可不可以分给它一块饼干？

当你做坏事的时候，当你把桌上的书扔到地上时，当你把花盆里的叶子拽下来时，你的脸上露出了狡黠的笑容，眼里藏着不为人知的窃喜。

而天使是不做坏事的，天使没有你身上自带的智慧。

当你看到动画片里的孩子亲吻妈妈时，你也跑过来，对着我的脸亲了一口，连同唾沫都印在了我的脸上。孩子，我不会嫌弃你，我的心里只会更加欢喜。

而天使，是不会理解这种感情的，不是吗？

你喜欢唱歌，即使唱得跑调，即使歌词唱得不清楚，你依然高兴地手舞足蹈，并且让我给你鼓掌。你从不惧怕在陌生人面前歌唱，你是那样勇敢，甚至我这个做妈妈的都自愧不如。我在心里为你点赞，为你的勇敢而自豪。

如果你是天使，你不会在得不到玩具时大哭大闹，不会耍赖皮般地坐在地上等我扶你。你更不会在不买糖果时威胁我说，你再也不当我的孩子了。

你性格中的弱点，使你离得我越近，我更能明白孩子的世界与大人的相同之处，虽然没有满足你，可是过去了，你竟会忘了，重新破涕为笑。你还是那个快乐的小精灵。

有人说，每一个孩子都是诗人，他们总能谱写出自己的诗歌。

还有人说，孩子也是哲学家，有时会有着成人不懂的哲学道理。

我经常坐在斜阳浅照的台阶上，望着这个眼睛明亮的小男孩专注地做一件事，看蚂蚁搬家、看小虫找洞穴、嗅一朵花的清香。而我静静地等待，我愿意等一辈子，让你从容地长大。

孩子，我会陪着你，直到你长大。那时，我会慢慢退出你的世界，放手让你遨游在自己的天空。

孩子，我曾盼望着你是一个可爱芬芳的小公主，可是老天却把你这样一个调皮、可爱的小子赐给了我。

我能怎样呢？只有爱你，好好爱你，让你做一个快乐的小孩，让你看到世间的繁华似锦，也让你感受生命的脆弱无常。

孩子，如果你是天使，你就不会了解人世的喜怒哀乐，也不会有这般与众不同的快乐。

孩子，幸好你不是天使，才使得你这样的明媚，这样地温暖我的心。

158

翻出一堆快乐

作者：李业陶

旧居拆迁，必须要搬家了，少不得要忙活一阵子，别的东西可以不操心，这电脑桌上上下下我必须归置归置。别说，这几个抽屉里内容还真丰富，光盘、连接线，小电器着实不少，样报、文稿、书籍好几叠，一边翻一边看，哪些需带走，哪些要抛弃，哪些想送人，就此分门别类打理好。

翻着翻着，不由喜上眉梢——我翻出了大孙女潇潇为我制作的父亲节贺卡。

尽管是稚嫩的小手绘制的，但在我看来已经是天下最美的贺卡了。封面上画着笑脸、礼品盒、红蜡烛、小花、风筝，还有三颗爱心；一行大字写的是"一张迟到的父亲节贺卡"。打开贺卡，左面是彩笔写的一段话："爷爷：当您收到这张贺卡的时候已经是第二天中午了，很抱歉在昨天没有寄出去；但请您收下它，因为这也是我的一片心意。"右面画了一个穿裙子的小姑娘，我想这是潇潇的自画像了，写着"祝您：万事如意，天天开心，永远年轻，健康长寿，父亲节快乐！"封底则画了紧紧相挨的一棵大树和一株小花，还写着：“您像大树，我像小花。我在树下，您为我遮风挡雨。”

我已经记不清是哪一年父亲节收到的礼物了，但看着这图，读着这话，我依然从心底生出快乐，感觉暖暖的。

十多年了，在对孙女的呵护中，我时时感受到孙女感恩的心意，这心意透着童真、透着善良。这不，翻出了孙女发给我的自制喜报：“李业陶同志：您在 1999 年—2008 年，照 gu 成 ji 优 yi，取得本喜报”；翻出了明信片，这是孙女跟随爸爸妈妈旅游时，从泰山脚下邮局发送回来的纪念封；又翻出了情人节贺卡，不大的纸片上画满了花，“祝爷爷情人节快乐”。还有生日贺卡、新春贺卡……享有孙女这份爱，难道不是世界上最幸福的爷爷？

尽管这些礼物不是花钱更不是花大价钱买的，但并不代表没有分量、没有价值。我翻着，看着，快乐着。

接着翻出的，可不是礼物了，这是一封“啃球（肯求）书”。“爷爷：我想玩半个小时电脑，一星期就一次，不算多吧？我写完作业了，你说过星期天可以玩的。上次你说（批评）我了，我很闷……李潇然，再次啃球。”

哈哈，这“啃球书”已经完成使命，该算‘历史文物’了，因为如今潇潇马上要读初三了，学习全凭自觉，玩电脑也能够自我约束，已经不需要我批准了。

再翻，看到的是小孙女歌平的“作品”，一张皱巴巴的纸上画着一个流眼泪的女孩头像，紧接着是一段话：“敬爱的爷爷：我想买一本同学录，我们班同学都有同学录了，行吗？如果同意，就买上同学录放到车上，给我一个惊喜，什么样子的都行。亲爱的爷爷、年轻的爷爷、美丽的爷爷，行不行啊？你不同意我就哭，同学问，我就说是爷爷不给我买同学录，我就哭啦！同学会笑你的，百分之五十的人会说：你这个爷爷真坏！"

这既不是礼物，也不是申请，倒像是最后通牒。记得那个当天的下午，我跑了几家商店，反复挑选、调换，终于买到了歌平中意的同学录。为此，我还写了一篇文章《美丽爷爷不是好当的》，还被报纸发表了。

看到这张纸，我还是忍不住笑了，歌平这个小鬼精灵，对爷爷威逼利诱倒是有一套。

带上，必须带上；不但通通带上，我还要好好收藏。有个成语不是叫"如数家珍"吗？孙女送我的这些零七八碎就是我的宝贝了，它曾经带给我那么多的温暖和快乐，又是孙女童年生活场景的真实见证，这不是家珍又是什么？看到它们，我情不自禁地会想起那些曾经的美好。在未来的日子里，我也许会时不时地翻翻、看看，翻、翻、翻，就会翻出快乐！

只要七日暖

作者：周海亮

几年前，我在市供暖公司上班，每天负责收取供暖费。我们这座北方小城，一到冬天，家里如果不通暖气，似乎连空气都能结成坚冰。

那年冬天来得特别早，仿佛秋天刚过一半，就到了隆冬。那个下午，在窗口前等待交费的人，排成长龙。我注意到一个男人，总是在轮到他的时候，就站到一边，独自待一会儿，似乎后悔了，再从队尾排起，等再一次轮到他时，却又站到了一边，待一会儿，再一次回到队尾。好像，他想跟我说什么，却总也开不了口。

临下班的时候，整个交费大厅终于只剩下他。我问："您要交费吗？"男人说："是交费，是交费。"声音很大，很突然，语速夸张的快，似乎一下午的勇气和力气，全都集聚在一起了。

我问他家庭住址，他急忙冲我摆手。"不忙不忙，"他说，"先麻烦问一下，能不能只交八天的钱？"

我愣住了。心想，只交八天的钱，开什么玩笑？

他急忙解释："我知道这违反规定，我知道，供暖费应该一次交足四个月。可是，我只想交八天的钱。你们能不能破个例，只为我们家供八天的暖气？"

男人五十多岁的样子，已经满脸皱纹，包括嘴角上。那些话便像是从皱纹里挤出来的。每个字似乎都饱经了风霜，苍老且浑浊。

可是，为什么呢？我迷惑不解。

"是这样的，"男人说，"我和我爱人，下岗在家，还要供儿子念大学，没有多余的钱交供暖费了。——其实不交也行，习惯了，也不觉得太冷。可是，今年想交八天的，从腊月二十九，交到正月初七……"

"可是，一冬都熬过了，那几天又为什么要供暖呢？因为过年吗？"我问。

"不是不是，"男人说，"我和我爱人，过年不过年的，都一样。那几天通暖气，因为我儿子要回来。他在上海念大学……念大三，两年没回家了……我也不知道他在忙些啥，打工忙，还是读书忙。不过今年过年，他要回来……写信说了呢，要回来……住七天……要带着女朋友……他女朋友是上海的，我见过照片，很漂亮的闺女。"男人慢吞吞地说着，眉毛却扬起来。

"您儿子过年要回来住七天，所以您想开通八天的暖气，是这意思吧？"我问。

"是的是的。"男人搓着手，有些不好意思，"他回家住 7 天，我打算交八天的暖气费。——家里太冷，得提前一天升温，否则他刚回来，会受不了的……我算过，按一平方每天一毛钱计算——是这个价钱吧，今年——每平方每天一毛钱，我家五十八平方，一天是五块八毛钱，八天，就是四十六块四毛钱……错不了。"男人从口袋里，掏出一小摞钱，推给我。

"我数过的，"男人说，"您再数数。"

我盯着男人的脸。男人讨好地冲着我笑，又怯怯的。那表情极其卑微，为了他的儿子，为了八天的供暖费。

当时，我极想收下这四十六块四毛钱，非常想。可是我不能，因为不仅是我，就连供暖公司也从来没有遇到过这样的事。

于是，我为难地告诉他，我得向上面请示一下，因为没有这个先例。这件事，我做不了主。

"那谢谢您。"男人说，"您一定得帮我这个忙……我和我爱人倒没什么，主要是，我不想让儿子知道，这几年冬天，家里一直没通暖气……"

我起身，走向办公室。我没有再看男人的脸，因为不敢看。

最终，公司既没有收下男人的钱，也没给男人供八天的暖气。原因很多，简单的，复杂的，技术上的，人手上的，制度上的，等等。总之，由于这许多原因，那个冬天，包括过年，我想，男人的家应该冷得像个冰窖。

后来我想，其实这样也挺好。当他的儿子领着漂亮的女朋友从上海回来，当他发现整整一个冬天，他的父亲母亲都生活在冰窖似的家，也许，那以后，他会给自己的父母比现在多出几倍的温暖吧？

第八章 —— 行走的白月光

盛在碗里的爱，自有一股纤细绵长的力量，穿透久远的岁月，一直暖在肺腑之中。

缝纫机

作者：巴迪塔

夜深了，母亲房间的灯还亮着。从紧闭的门前经过时，能隐约听到"噔、噔、噔"的缝纫机声音，不用猜，肯定是母亲在给外孙女做衣服。我站在门前徘徊许久，终是压下开门阻止她的冲动，走开了。

从记事起，我就对家里的缝纫机这个"庞然大物"很好奇。每次看到母亲双脚有节奏地蹬着踏板，一只手转动缝纫机的圆盘助力，另一只手固定布料慢慢往上推，保证针线落下是一条直线，我就踮脚站在旁边，时不时会问母亲各种问题。

"踏板那么重，为什么你一下子就蹬起来了？"

"针落在衣服上的速度那么快，你不怕扎到手指头吗？"

"为什么你能把衣服上的针线脚弄得那么直？简直像是比着尺子画出来的！"

面对我的聒噪，母亲不仅从不厌烦，甚至还会哈哈大笑。笑罢，就停下手里的活，把我拉到怀里教我怎么做。

当母亲把做好的成衣拿过来时，我迫不及待穿到身上，像个凯旋的大将军一样，昂首挺胸地在房间里来回走上几圈，耳边听见母亲低声地念叨："袖子有点长了，下次可以在领口周围加点花边……"我的心里像吃了一大口棉花糖一样，又甜又软。

幼年的我没少催促母亲做衣服，当时就想着天天有新衣服穿，却没注意到母亲频繁捶打脖子和胳膊的动作。她把疼爱都留给了我，自己却承担疲劳和困倦。

高三那年，我们搬家了。因为缝纫机严重老化，母亲就没再把它带到新家去。当时，我还沉浸在紧张的备考状态中，完全没注意到家里物件的增减。直到考试结束，逍遥自在过假期的时候，才发现缝纫机不见了，连忙追着母亲问："妈，咱们家的缝纫机放哪儿了？"母亲哭笑不得："你别是学傻了！咱们搬家的时候就把缝纫机扔了。"

听了母亲的话，我心中隐隐有些失落。原来，那些习以为常到让人忽略的东西，早就占据了你心中的某个角落。当它突然消失时，才会留恋、会遗憾。

去大学报到的前一夜，母亲帮我整理行李。她从柜子里取出了一小摞衣服，说："这是搬家前，我做的几件睡衣，你带上。"看着母亲仔仔细细地把衣服放进行李箱中，我那被兴奋包围的心，陡然生出一丝不舍。

去年，我成了新手妈妈。母亲怕我顾不过来，就来帮我带孩子。一天，她拿着手机凑到我跟前说："你看这个电动缝纫机怎么样？"我奇怪地问："你看这个干吗？"她面带得意地说："还能干吗，给你闺女做衣服啊！外面卖的衣服不是质量差，就是价格贵，买回家穿还不一定合身，倒不如我自己做。"

我第一反应就是拒绝，天天带孩子那么累，哪还有精力做衣服！但耐不住母亲软磨硬泡，最终还是买了。缝纫机一到家，母亲便一发不可

拉着我的手

收拾！经常早起晚睡，赶工做衣服。有好几次我忍不住想说她，可看着母亲熬红的眼睛，终是不忍心。

这天，母亲又在缝纫机前"挑灯夜战"。我心里的火一下子升起来，冲过去说："你再这样天天做衣服，我就把缝纫机扔出去！又不是没钱买衣服！"话说出口，我就后悔了，再看到母亲受伤的眼神，更觉得自己是个不识好歹的白眼狼。

我不自然地补充道："不是嫌弃你做的衣服不好，是担心你这么熬，身体吃不消。"母亲立马笑着说："没事没事，今天这件做好就结束了。天气马上变凉了，我就是想提前给孩子准备几身厚衣服。""好，那我陪你做完。"

看着淹没在成堆棉花和碎布料中的那个身影，我恍惚又回到了小时候。那个时候，母亲还烫着时尚的卷发，脸上也没有皱纹，对在旁边捣乱的我无比包容和宠溺。

这么多年，家里的缝纫机从脚踏式换成了电动式，可不变的是母亲的爱和包容。那一件件费尽心血做出的衣服，温暖了我，温暖了下一代，温暖并将继续下去，没有终点。

红烧肉

作者：黛帕

我是喜欢做菜的，但不喜欢一日三餐都在做，做的菜式都没有规矩可言。有时心血来潮，突然想起有这样一道菜，便去查了做法，然后一个下午，或是一个早上，都在折腾这一道菜。有时在电视上看到一道让人食欲大振的菜，就马上去菜市场挑选材料。有时因为在某处吃了一点好吃的，突然怀念那样的味道，便想试试，看看能否也做得出。但大多时候，是做不出那时那地那人的味道的。从此便明白，有些东西，只能怀念罢了。

做菜是需要好心情的，开始父亲把这归咎于我的口味，说是我喜欢的便做得极好，我不喜欢的，便做得敷衍。菜的品质好坏，其实取决于做菜者的用心。一道菜，若吃得人心舒畅，赞不绝口，流连忘返，那么这做菜的人必定用了不少心思，不说感情，不言技艺，他只是对这道菜用了心思。在我看来，每一道菜都是有灵魂的，而这灵魂是做菜的人赋予的。所以，我心情不好时，做的菜自己都吃不下。它只不过是冷冰冰的植物尸体而已，连生命都没有，何谈灵魂？

拉着我的手

我做得最多的，就是红烧肉了，主要在于红烧肉的适应性强。它可以用来招待客人，可以做给自家人吃，可在逢年过节吃，可平常日里吃……在我小时的印象里，吃红烧肉是件天大的事，因为不容易吃到，只有过年和人家办红白事时才能吃到。我家那时穷得叮当响，即使过年也很难吃到红烧肉。所以，只有别人家办事时才能吃到，小时最大的愿望便是突然降临一场喜事。最好是本村的，因为本村可以吃两餐。如果是本家族的，那就更好了，那样至少可以吃三餐。

　　第一次与红烧肉相遇便是在喜酒桌上，至今还有印象。周围大红的喜字，桌上大盘大盘的菜，荤素相间，颜色深深浅浅，看着好不喜人。大厅里热热闹闹，这菜也沾染了喜气，顿时变得活色生香起来。尤其是摆在我面前的红烧肉，晶莹剔透，散发着诱人的光泽，肉质肥而不腻，直引得人犯馋。从此，我爱上了这色香味美的菜。

　　因为爱上红烧肉，我从很小就体会了"爱而不得"这四个字的意思和深层感受，那种感觉，抓心抓肺的，不疼，但奇痒，而且是痒在心里，挠也挠不到。开始还会向奶奶哭闹要吃红烧肉，但即使奶奶答应了也未必能吃得上，就渐渐地不问奶奶了，只是在过年拜祖宗时心里默念"保佑我来年吃到红烧肉"！默默拜了三年，在我小学毕业那一年总算吃到了红烧肉，从此我相信了祖宗。

　　我家里，母亲是不善做菜的，父亲倒是很在行，但父亲不常下厨。所以，我早早便学会了炒菜。会炒菜倒不是因为贤良淑德，只是单单受不了母亲"条状的萝卜丝"和"大坨不知形状的肉"罢了。我很小就会炒菜了，还没有灶台高时，就能踩着小板凳挥弄锅铲了。我从小学四年级奶奶去世后开始正式掌勺，直到小学毕业。这期间，母亲在外乡教书，父亲只有晚上才回来。所以，一切吃食都自己对付。因为这样，使我上得了课堂、下得了厨房。从开始的白菜萝卜到后面的山里蘑菇，我是越来越顺手、越来越得心。

忘记第一次做红烧肉是什么时候了，但还记得当时的情景。有一次，父亲回来，带了肉。他说他发工资了，吃顿好的。我一看见肉就嚷着要做成红烧肉，要像人家办事那样好吃。父亲答应了。把肉切好后，三叔来家里说他打绕棺人家送了东西，今天去他家吃。父亲就带我去了，桌上有鸡蛋、鸡汤、腊肉，就是没有红烧肉。第二天，父亲上班去了，我就自己做，心想，不就是放油，炒熟，放盐嘛。

结果，把肉做成了油渣……父亲回来，知道了我的伟大事迹，笑骂了句"呆猫"，然后给我写了菜谱。那是我人生中的第一份菜谱，特别珍惜，在自己衣服的前胸缝了个口袋，晚上好捂着睡觉。后来，我还没有完全学会，就在某次洗衣服中，将它洗得血肉模糊，死得特别壮烈。为它伤心哭了一次，这事让我那些叔伯笑话到了现在，是每年过年必谈的事之一。

后来知道，做红烧肉很是需要耐心和方法的。

做红烧肉，关键的第一步，便是挑肉。若一开始便错，后面再怎么努力也只能是徒劳。好的食材是一切好菜的基础，差不多的食材是不行的，差一点就撑不起整道菜的风骨。买菜，要赶早，尤其是肉，要去菜市场，不要去超市。菜市场的猪肉，依稀还能摸到它奔跑的力量。挑肉，要仔仔细细、认认真真，要不挑不到好的。对待什么事都要认真，那样才不会容易出差错，也才不会容易后悔。

如果开始就敷衍，后面是没有办法补救的。做红烧肉的肉要选肥瘦相间、红白相映带皮的五花肉，好的五花肉可以夹上近十层，一层白、一层绯红，就像大群的大马哈鱼在白浪花中有序地跳跃。品质差一点的五花肉，只有四五层。再差一点的，一层皮，一层肥肉，一层瘦肉，就没了。这样的肉，如果是瘦肉多，尚可勉强；反之，则万万不能选用。

肉洗净后，切成麻将牌大小的正方形块。肉不宜切得太小，太小易缩易碎，没有卖相。然后用冷水浸没，水中放半杯料酒，浸去毛细血管中的血水。同时，去除肉腥。肉不宜多浸，多浸则鲜味尽失，一般浸十五分钟左右，捞出入锅蒸煮。红烧肉一菜，关键在水，水得一次加完，没过肉两寸。水中加几片干山楂片，可使肉质酥软蓬松。没有山楂，放醋也可以。待水煮开，肉随水翻滚，会有暗红色物质出现。那是未去干净的血水，用锅铲慢慢撇出，去干净。再烧半个小时，然后改小火慢炖约半个小时。待到用筷轻戳肉即破时，便可移到炒锅中，开着盖烧，然后依次放入老抽、糖。等到汤水变得更加稠厚，有油亮泛起来时，这道菜就烧好了。

这是苗家最常用的做法，除了老抽、糖、盐，再无其他调料，保持了食物最原本的味道与肉的清香。其实，我后来尝试过其他做法，先炸，再炒，再煮，再上色。但是，味道都不及记忆中老爸的做法好。

173

养爱的碗

作者：米丽宏

养人的爱，多在一粥一饭里；盛爱的，多是家常的碗。

在老家，一个新家庭的组建，少什么也少不了锅和碗。早些年代，分家另过的小媳妇不知分寸，惹婆婆不高兴了，老人家会声气粗壮地叨叨："是我给你雇的花轿，是我给你添置的锅碗。"碗，在那时，不仅仅是用来吃饭的，还用来担当上辈人对下辈人殷厚的祝福和期待呢。

我家最初的那一批碗，五个，是那种粗瓷蓝花碗，碗口张得特别大，墩在饭桌上，像一顶小小的斗笠，微灰的瓷质里，似有点点沙粒的影子。而父亲那只大海碗，要精美些，碗肚上几笔茎叶，托出一朵粗糙的兰花。盛饭的时候，大海碗排在最前面，像一个位居显要的大人物，率领着几个小兵。

那时，最好吃的饭是油葱泼面。母亲做的手擀面，匀溜整齐，一筷头挑起来，能堆满一碗。但并不是所有的碗都有满满一碗面的。一开饭，母亲就念叨："先尽着你爹吃，他在地里，苦。"因此，第一碗饭，总会盛在那只大海碗里。冒尖的一大碗，上头覆着油亮碧绿的葱花，放在父亲的席位上。我们也都眼巴巴看着饭，一起等。父亲收工回来，洗了手脸，端起大海碗，照例用目光扫视一遍，那些小蓝花碗里多的是汤，少的是面。他不说话，一筷子一筷子，挨个夹一些面条到小碗里。

三十年过去了，油葱泼面已经称不上好饭，父亲的蓝花大海碗也已经退役。日子的磕磕碰碰，仅在它的边沿上，留下了一个小小的豁口。但是，如同第一碗饭总要盛给父亲的习惯一样，它还被母亲保留着。每次洗了碗，一开碗橱门，看到它，总有一种沧桑感迎面而来。浸透在岁月深处的酸甜苦辣，我们未必体会得到。但是，蓝花碗，它知道。

蓝花碗退役，不退休。早春时节，母亲总用它泡种子，育秧儿。在北屋窗台阳光地儿，蓝花碗盛了清水，清水里养着正在醒来的种子，茄子、丝瓜、南瓜，一番一番轮流出发。母亲闲下来，总要到窗台边看一眼，一日看三遍，日日不间断。当白花花的小芽闹哄哄地跑出蓝花碗，母亲便捧了碗，把它们一齐安置在向阳的菜畦里，撒上一层润润的黑土。母亲满心的希望，便由蓝花碗转到菜园子里去了。

这样的蓝花大海碗，我还见到过一只。那天，到很深的大山里游玩，爬上山顶，又下来，已是日高人渴漫思茶的光景。忽然，同事在山脚处发现一泓山泉。泉边，竟也有一只蓝花碗，跟我父亲那只一模一样的蓝花碗。是谁放在这里的？放在这里多久了？泉水静静地淌，不答言。几个人也不多想什么，轮流用碗舀起泉水喝，好甘甜好畅快。

看看，所有的爱，其实都要落到平淡的日子里，平淡的犹如一只家常的碗。碗里面有真情意，尽管没有任何表面的华丽，也会贵重于短暂的玫瑰和钻石。盛在碗里的爱，自有一股纤细绵长的力量，穿透久远的岁月，一直暖在肺腑之中。

爱浓 情浓 年味浓

作者：清荷诗语

　　在外面久了，每当年关的时候，内心总是充满对故乡的思念与眷恋，回忆起在家乡过年时的热闹与温暖、幸福与快乐。在我们荷泽一带，过年有蒸馒头的传统习俗。家家户户大约从腊月二十六开始，便都忙碌起来，开始蒸馒头、炸酥菜、煮肉。

　　馒头的花样众多，除了蒸我们平时吃的实心馒头，还有豆沙馅的馒头、素菜馒头（荷泽人又把这种馒头称为菜团子）。豆沙馅馒头所用的豆沙，一般都是妈妈自己来煮。往往在头天晚上，妈妈就会把红豆泡到一个大盆里，待第二天煮的时候，不仅可以让红豆易煮熟，还能增加红豆的软糯性。待红豆煮熟后，再把提前煮好的地瓜、蜜枣、大枣等放进来，用擀面杖把它们捣成泥，豆沙馅就做成功了。还有就是素菜馒头，素菜馒头一般由玉米面和小麦精粉两种面粉混合而成，馅由红萝卜、白菜、豆芽、豆腐、粉条五样素菜组成。其实，用这五样素菜包这个馒头还有一个美好的寓意，它的寓意就是"五福临门"的意思。

　　再就是花样众多的花糕、花山和枣花等馒头了。在蒸花糕前，妈妈会把大枣先用开水浸泡上，这样泡出来的枣又大又干净。蒸花糕、花山和枣花馒头最快、最好看的要数爸爸了。每当蒸这些馒头的时候，爸爸就会给我们讲他小时候的故事。我们也便知道了，原来我爷爷和奶奶就是以卖蒸馒头为生的。也就是那个时候，爸爸练就了一手蒸馒头的好活。

只见那些面团在爸爸的手里如有了生命一般，爸爸让它们变成细长的面条，它们就变成细长的面条，让它们变圆，它们就变圆。什么莲花、荷花、梅花，还有由一朵朵花瓣组成的大花山，在爸爸那双灵活的双手下，一会儿就都盛开来。与爸爸团出来的那些花朵相比，妈妈和姐姐团出来的直接就变成了"丑小花"。尤其是爸爸还特别喜欢给我和弟弟、妹妹捏几只"小麻雀"放进锅里蒸，每当没有东西来代替"麻雀"眼睛的时候，他便随手从刷锅的那个高粱穗上摘下来几个高粱的种子往面团上一按，"麻雀"便瞪着它那双活灵活现的眼睛望我们了。

每年蒸馒头的时候，我和妹妹最讨厌做的事情就是从压水井里压水和烧锅。那时候，我们喝水还需要从压水井里往外压，并且压水的那个杆子还是生铁做成的。在寒冷的腊月里，用手握上去，又冰又凉，似乎要把手冻在上面一般。但越是讨厌，妈妈就越是把这样的活分给我和妹妹来做，因为我们两个年龄都还小，不能上桌子团馒头。那时的锅要用柴火来烧，用手来拉风箱，那个大风箱一拉，便会"啪嗒、啪嗒"地作响，然后风直接吹进灶台里，灶台里的火便旺旺地烧了起来。每每烧着烧着，柴火的热气会扑到脸上，把小脸烧得通红。往往一锅馒头蒸不完，柴火烤得人就想睡觉了。

当把所有过年用的馒头都蒸好后，就要开始煮肉了。这些肉是由一整条猪后腿分解而来的，一是春节和除夕的时候上供用，二是春节后招待亲戚用。我们这里每年春节后，便是亲戚之间相互串门的时候。那些上供用的肉，妈妈都会切成长宽大约有十五公分的肉块放进锅里来煮，并且还用酱把这些肉酱成暗红色。所以，这样的酱肉吃进嘴里真的是肥而不腻。尤其是大骨头上面的肉，妈妈把骨头上的肉剔下来，然后拿来蒜泥让我们蘸着吃，那种大口吃肉的感觉真的是再过瘾不过了。

　　因了这些美食，一个新年下来，我们不仅个子会长高，体重也会增加几斤。整个年过下来，我们玩得开心而又尽兴。可随着年龄的增长，日子比过去也越来越好，人们总是感觉年味淡了，感觉不到过年的快乐与喜庆了。其实，年，就是亲情的相聚、亲人的相守，只要情在、爱在，年味永远是浓的，永远是我们岁月长河里最甜美的点滴回忆。

行走的白月光

作者：刘鹏

　　我很小的时候，就觉得父亲与月光之间有着某种隐秘的关系。我觉得这月色，不单单是村庄、河流的月色，也不仅仅是田野、阡陌的月色，还是父亲的月色。夜归的父亲披着月色，每移动一步，白月光就紧随其后。

　　起初，父亲上中班，他回来时我已熟睡。偶尔醒来，也是被细密的东西扎疼而醒，借一帘夜月看看，竟是长着络腮胡的父亲在吻我的脸。

　　待我渐渐长大，父亲已改上白班，但他照例晚归。夜里看书时，我常被夜月疏影扰乱思绪。于是，心动得一脚踏进妖娆绽放的月华，不知不觉走上门前小径，眺望远方，一星昏黄的灯火在水气中摇曳。细一寻思，那正是我行走于月色中的父亲，他在查看布下的黄鳝笼，捕捉黄鳝贴补家用。

　　父亲的身影很小，在辽远而润湿的月光里，渐渐有些飘忽不定了。我揉了揉双眼，望见他拐了几个弯，向更远的地方移动。捉黄鳝累人，夜半时分需查看黄鳝是否入笼。我仿佛看到父亲正弯腰拨开河岸上茂密的茭白叶，习惯性地双手向后撑着堤岸，两只脚缓慢探向水中。我猜想那下面肯定隐藏着一只黄鳝笼，它被父亲用水花生与河泥压着沉入了水中。在父亲做出这些动作时，我的心被紧紧攥着，害怕、恐惧。父亲身形矮小，患高血压，倘若一脚踩空，那怎么办？而且时间一久、用力过多，他还会咳嗽！夜晚的凉气重，风好像将他一阵紧似一阵的咳嗽声、吐痰声传到了我的耳边，我忽然觉得很冷，很想喊他回家。但我知道，他不肯。好不容易找到了落脚地，父亲于是猫着腰打破静谧而寒冷的河水，掏出黄鳝笼，摇一摇、听一听，"L"形的黄鳝笼是父亲的另一个世界，这个世界里，潜伏着许多的危险。

常听父亲说："昨晚起了一个笼子，拿在手上沉沉的，以为逮到了一条大黄鳝，哪晓得是条大水蛇。"也有一些时候，父亲会轻描淡写地讲到他与赤练蛇狭路相逢的事情。他虽没有透露与赤练蛇之间的博弈情形，但这也是最让我不放心的地方。

有一天晚上，我洗过澡回到房间。灯一开，看到一条两尺长的赤练蛇正盘踞在我的书桌上。父亲听到我的呼叫声，拿小铁锹跑进来，用铁锹以迅雷不及掩耳之势挑起毒蛇往外扔，但窗棂挡住了蛇身，蛇落在了地上。父亲弯腰用铁锹去捣它，它被逼急了，吐着信子时不时冲向父亲，父亲的额头渗出了滴滴汗珠。隔了许久，父亲才逮着一个机会，用穿着高帮靴子的脚快狠准地踩住蛇身，然后用铁锹将它拍晕。这件事，成了我心里一直挥不去的阴影。

我怪父亲不该下黄鳝笼，父亲并未言语，默默踏着月色走向了悠长而曲折的河岸。

高中那年，我肝胃不和，父亲一方面带我寻医问药，一方面竭力伺候好我的肝胃。他不仅下黄鳝笼，还下"卡钩"（尼龙绳上一头系着鱼钩，一头捆着一拃长的竹条，是专钓黑鱼的一种工具），还在港汊里布设"困龙网"（音译，一种绿色尼龙绳编织的大型渔网，能捉各种鱼）。有时候，我半夜失眠，想起了还在月光里迟迟未归的父亲。那一刻，蓦地感觉父亲就是一片行走着的白月光，皎洁而柔和。

在父亲夜复一夜、日复一日的操劳下，我身体终于康复了。如今再回想起那些病中的滋味，病痛的苦楚早已淡忘，而鱼汤的芬芳仿佛还萦绕在舌尖齿上。

我结婚后，妻子回娘家安胎。父亲担心她营养跟不上，特意从家里带了十只黄鳝笼去亲家公家里，手把手教我岳父如何捕捉黄鳝。但我岳父从来没有熬夜的习惯，父亲想想，仍旧自己放黄鳝笼、半夜巡视、清早收回。可能是营养太丰富，孩子出生时有八斤多重，抱在手上沉沉的，我们一家人感到前所未有的踏实与快乐。

月光从未停止过它的行走，父亲也从未停止过他的忙碌。每每看到或想到那铺天盖地的白月光，我就莫名地感动，盈满期许，白月光与父亲是那么和谐融洽地相依相伴。我爱这白月光，爱这行走着的白月光……

181

那些温暖的瞬间

作者：季宏林

　　生活看似平静如水，其实有时也会激起一朵朵浪花。那些发生在我们身边的寻常小事，有时也会让人莫名地感动起来。

　　那天晚上，我沿着一条小巷散步。小巷幽深，寂静无声，只有一片柔和的月光斜斜地洒进小巷里。我的前面悠闲地走着两个人，一个是白发苍苍的老奶奶，另一个是六七岁的小男孩，两个人看上去像祖孙俩。老人牵着小男孩的手，两人低声细语地说着话。突然，小男孩挣脱老人的手，仰起小脸蛋，用手指着天空的月亮，高兴地说："奶奶，奶奶，你看，天上的月亮，像不像香蕉，我把它摘下来送给您。"老人听了，咯咯地笑起来："好孙子，我的好孙子！"老人的银发微微地颤动起来，在月光下愈加耀眼。那一刻，我的心情也变得如月光一般轻盈。

　　一个初冬的夜晚，我路过一处广场，看见前面黑压压地围着一圈人。好奇的我挤进人群里，低头一看，原来是一个年轻的男孩正在那儿摆放蜡烛。只见那个男孩蹲在地上小心翼翼地点燃蜡烛，然后认真地摆放。从点燃到摆放，他的每一个动作都是那样的一丝不苟，那样的虔诚，就像是在完成他生命中的一部杰作。那些跳跃的烛光，宛若一朵朵盛开的莲花。一朵，二朵，三朵……那些"花儿"越开越多，直至形成一个硕大的心形。在众人的一片掌声和祝福中，男孩轻吻羞赧的女孩的额头，将一枚晶莹的戒指戴在了她的手上，完成了一个庄重而浪漫的求婚仪式。多年后，那个冬天的夜晚，那一朵朵盛开的"莲花"，仍深深地印在我的脑海里。

朋友给我发来一段视频，寂静的秋阳下，洁净的大街上，缓缓地走来两位老人。不，准确地说，是一个男人背着妻子独自在行走，怕时间长了妻子会掉下来，他就把妻子绑在他背后，妻子的双脚只是随着他坚实的步子拖移。面对一群围过来的好心人的赞赏，男人露出憨厚、羞涩的笑容。他的妻子虽然说不出话来，但她的脸上却流露出幸福的表情。我想，他的妻子虽然因一场突如其来的疾病而失去行走的能力，但她却拥有一个男人的真爱，这份爱就是支撑她继续向前"走"的信心和力量。

按理说，这些情和爱是人之常情，也是世间天经地义的事情，为什么我偏偏有着如此之深的感触呢？这是因为，从他们的身上，我想到了某些人：背信弃义的人，损人利己的人，忤逆不孝的人。在这些人的头脑里，哪里还有诚信、友爱、孝悌？只有赤裸裸的金钱和欲望。人性中的"善"和"爱"一旦泯灭，人与人之间的关系就变得疏远了，就失去了友情，失去了爱情，失去了亲情。这些人的最终结局，要么众叛亲离，要么身败名裂，要么郁郁而终。

那些寻常生活中温暖的瞬间之所以感人，是因为那些善和爱原本就潜伏在我们的内心深处。一经触碰，自然就会不经意地释放出来。当生活中的真情、真爱变得稀缺的时候，在某一时刻的不期而遇，就会像金子一般闪光，让我们变得更加感动和怀念，让我们更加懂得珍惜和拥有。它们如同空气中的氧气，只有在我们感到呼吸困难的时候，我们才会发觉它们的珍贵。

其实，只要我们多留意，生活中那些温暖的感人瞬间无处不在。对我们而言，这些友善的表达，有时只是一句温馨的问候，有时只是一个灿烂的微笑。同样，别人也会还以一句温馨的问候，也会报以一个灿烂的微笑。

孟子说："爱人者，人恒爱之；敬人者，人恒敬之。"世间的情和爱莫不如此，它们也是相互作用的，你付出多少真情，自然就会得到多少真情；你付出多少真爱，自然也会得到多少真爱。这是因为，真情、真爱从来都不是用金钱来衡量的，而是尊重与尊重、真情与真情、真爱与真爱的互换，是人们发自内心的真切感受和触动。

给社会更多的关注，给他人更多的关心，给家人更多的关爱。唯有如此，我们的生活才会更有意义，我们的生命才会更加饱满。愿我们珍惜生命中的每一天，感受世间的温暖，让真情、真爱流淌在心间。

说说幸福

作者：罗瑜权

　　什么是幸福？经常有人问我，我也问过自己。其实，走过平凡的人生，我们慢慢回忆会发现，幸福就在我们身边，就在平平常常的生活当中。

　　每天早晨醒来，看见第一缕阳光，呼吸着窗外清新的空气，确定自己真实地存在着，就是幸福；走在洒满落日余晖的小路上，在清爽的秋风中听得见欢快的鸟叫，与擦肩而过的人打着招呼，确定自己的耳朵还能听见凡间的任何声音，就是幸福；穿过一条花径，闻得见扑鼻的花香，确定自己的鼻子还能闻得到任何一种美妙的气味，就是幸福；看见喜欢的人，能和她说几句心仪许久的话，张开双臂能够拥抱她，就是幸福。

　　幸福就是这么简单，好好活着就是幸福。

　　好好活着就是幸福，对于亲历过"5·12"汶川大地震的人来说感触最深。一位掩埋在北川老县城废墟下的亟待救援的同胞说："坚持，能够活着，就是幸福。"

　　对于一个追逐梦想的人来说，不管多艰难，还是多困苦，只要有梦想，只要还有追逐梦想的勇气，就已经是幸福了。

对于人的一生来说，幸福是分阶段的。小时候，幸福是一件东西，得到了就感到很幸福；长大了，幸福是一个目标，达到了就感到很幸福；人到中年后，幸福是一种心态，满足了就感到很幸福。

　　幸福是一种充实，一种满足，一种愉悦。当你最大限度地发挥自己的生命潜能，实现了自己的人生价值时，你一定会感到自己是幸福的。这种感觉不仅来自你成功的喜悦，更来自奋斗过程的人生体验。

　　幸福是一种宁静，一种淡泊，一种心境。一个人活得幸福不幸福，完全是个人心灵的一种感受。你若能有一份坦荡明净的心境，你便进入了一种祥和幸福的人生境界。

　　名人眼中的幸福也不尽相同。老子说，幸福是"无为而治"，顺其自然，不可强求，幸福就是取决于个人的心态。法国作家雨果说，生活中最大的幸福是坚信有人爱我们。罗素说，幸福是永远相对的，因为宝贵而珍惜，因为珍惜而幸福，这永远是获得幸福的真理。美国前总统富兰克林认为，与其说人类的幸福来自偶尔发生的鸿运，不如说来自每天都有的小实惠。

　　最近，美国著名心理学家戴维·迈尔斯博士研究认为，一个人一生要幸福，必须具备十大要素。

　　一是要拥有一个健全的身体和健康的体魄，这是幸福的基石。吃食不挑剔，说话有条理，走路稳健。二是要有切合实际的目标和期望，这是幸福的内在驱动力。一个人如果没有目标追求，幸福的河水就会在懒散中干涸。三是要有自尊，这是幸福的支架，也是幸福的赐予。四是要学会控制感情，这是幸福的规则。过分地压抑或放纵自己的感情，会和幸福相悖。五是要乐观，这是幸福的源泉。保持乐观，就能繁衍幸福。六是要豁达，这是幸福的开阔地。七是要有益友，这是幸福的开心果。八是要合群，人缘好，幸福自会来。九是要有挑战性的工作和活动性的消遣，这样的一张一弛，才会有幸福交替出现。十是要有团队意识，这是幸福的蓄水池。

品味幸福，如同品味一杯酽酽的浓茶，苦涩中透出一缕浓浓的清香，你会感到这品味的过程中，实际上就是一种幸福。

幸福是博爱，幸福是理解，幸福是宽容。幸福是由生活中点滴的感动串起来的，它在我们的身边。

幸福不在终点，幸福一直在路上……

恰同学老年

作者：李业陶

到达市人民医院之后，出了点小岔头。丁大哥在急诊病房门口等，我在住院部病房东门找。好在都已到了沉稳的年纪，相逢一笑直奔电梯。

走进病房，周兄弟不顾我和老伴阻拦，挣扎着坐起来和我们握手。

"来晚了，来晚了！"我深怀歉疚地说，"春上听说你病了，有意来看看，丁大哥说就要好了，好了一起去喝酒，我就一直在等。上周日见到丁大哥问起，才知道你还在住院。"

"我盼着你和大姐来呀！"周兄弟说。少顷，他又说："我和老丁说了，别叫业陶哥来，大老远的，身体还不怎么好。"

盼着，又说别来，恐怕亲人之间才会有如此貌似矛盾的说法。

丁大哥、周兄弟是我很铁的同学兄弟。

有一次，在儿子家，儿媳说孙女交往同学耽误学习。我就说："读高中的孩子已经不仅仅是孩子。我读初、高中时候的至交同学，是一辈子的好朋友、好兄弟。"话中所指，就有丁大哥、周兄弟。

我与丁大哥、周兄弟感情非常好，好到我忘了怎么对他们好，他们忘了帮过我什么。要不是我说起，在上世纪 60 年代生活困难时期丁大哥省了一个肉包子给我吃，我回家对伯父伯母炫耀；要不是我说起上世纪 80 年代初，丁大哥、周兄弟开车自己带干粮、背水壶去给我拉瓦、拉石灰帮我盖房，他们早忘记这事了。

要不是他们说我入伍离开家乡的时候送他笔记本、分苹果给他吃，我都觉得好像我没做过什么……

虽然过去我的家在农村，但都在县城工作，家庭之间的来往那是不必说的。自从他们调到市里上班，相见是少了些，但是感情没有淡。一次，周兄弟出差路过县城去找我。

因为天晚门卫不让进，周兄弟哭着说："谁家不能进我也没意见，唯有业陶哥家不让进我难过。"我听说后，一边笑，一边赶快把周兄弟迎进门好言抚慰……

市县相距不过百余里，要不是因为有心脏病的忌惮，我早自己开车跑来了。终于，不管年底有多忙，我还是让儿子开车陪我和老伴来了。

问过病情，我把自己最新出版的书和装有一点钱的信封留给周兄弟。

既然来了，就没打算客气，我提前和丁大哥打过招呼，去他家看看好多年没见的嫂子，简单吃点饭，一碗面条就行。可是没想到，周兄弟要陪我吃饭，于是我也同意了就近找个饭店。

周兄弟这次脑血栓比较严重，没有人帮助寸步难行。我看着他被儿子抱着上车，很有些于心不忍，可也盛情难却。一顿午饭，三个多小时，怕他累着，觉得时间好长；想说的话又太多，似乎意犹未尽。

说好的简单吃点饭，却是市区最好的饭店、最丰盛的饭菜，浪费是肯定的。周兄弟说："吃不了也要摆上来看看。"究竟还是没有免俗。

饭后看周兄弟被儿子抱上车返回医院，我执意送丁大哥夫妇回家，到家看看，也不枉来看望哥嫂一回。

待我们回到县城，差不多已经过了一整天的时间。

相识时，风华正茂。半个世纪多走过来，各自已是古稀之年。岁月苍老了容颜，未变的唯有那份纯真深厚的情感。人，活得就是那份情——亲情、爱情、友情。正是因了有情，生活才会生机勃勃、五彩缤纷。

恰同学老年，尽管有亲属照顾，但依然需要同学之间的"抱团取暖"。只要身体条件允许，还是要经常走走串串。

天旋地转的爱情

作者：禾语

"小荷，谢谢你帮我买票，回去请你吃饭。"

"我不是小荷。她没有手机，所以一直拿我手机跟你联系。"

"那你是谁？"

"高三坐在你后面的。"

同班一年，你我从来没有说过一句话。我对你的记忆，只是一个坐在我前面的背影。初入大学，买票事件之后，我们一来二往，天天短信，变得无话不谈。你去上个课会告诉我，发生了好玩的事情，会告诉我。

假期在家，你提前返校，让我去车站送你。这是我们联系了这么久以来，第一次见面。你穿着黑色的棉衣，那么好看。只一眼，便成为我日后抹不掉的记忆。

我们坐在候车室，听着一条条列车晚点的播报信息，你笑笑说："今天可能没有办法回学校了。"而我心里却打着另外一个小算盘，希望你的车一直晚点。你说："算了，今天不走了。太晚到郑州，也没有车回学校了。"我心里暗喜，愉快地跟着你走出候车大厅。

你带我来到新开的汉堡店，这是咱们市第一家快餐店，也是唯一一家，我从来没有来过。我紧张兮兮地坐在你对面，低着头，不敢看你。而你自顾自地吃着，偶尔对我说上几句话。我害羞地低着头，不敢抬头看你，长发完美地挡住了我羞红的脸。我们怎么走出汉堡店的，我已然不记得，只记得我内心的紧张和红扑扑的脸。

夜深了，你送我回家，你去了网吧。约好第二天早上五点你来接我，我送你坐车。一夜未眠，我走到楼下，看到你，竟十分亲切。你说："七点的车。"我故作生气地说："你骗我。"你笑笑："想多看你一会儿。"

寒冬的早上，路上行人很少。走到市区的广场上，你我并排靠在栏杆上，偶尔只言片语。我冷得直搓手，你若无其事地抓起我的手，塞进你的衣兜里，大手暖小手。你向我靠近些，我们的衣服触碰到一起，我闻到了你身上的味道，淡淡的香。那是你的味道，是我日后想起就无比怀念的味道。

冬去春来，空气里弥漫着爱情的甜。又是一个小假期，我们各自回家，相约在家见面。我们一起步行，走着走着，竟走到了人迹罕至的田地。你并没有停下的意思，我跟着你，向田地的中间走去。

地里的庄稼冒着嫩嫩的芽。你突然止步，转身，看着我。我们面对面站着，一句话不说，我的眼里只剩下你。不知道站了多久，你突然把我拥入怀里。我闻到了你的味道，那是我想念和喜欢的味道。沉浸在你的味道里，我安心而又温暖。而我的世界，天旋地转。

我曾经看过一个电影。电影里的女主角婉拒了不少男生，只为了寻找能让她天旋地转的爱情。电影的结尾，男女主角拥抱在一起，她笑得异常开心，整个世界天旋地转。

我以为那只是电影里虚构的场景。原来，现实中真的有天旋地转的爱情。而我，亦曾拥有。

牵手

作者：张海英

牵手，是一种情感的交流，有信任，有依靠，有鼓励，有怜惜。

孩提时的第一步，是由亲人牵手开始的。妈妈鼓励的眼神，手中传来的温度，是一种无形的力量。我们欣欣然又胆怯地迈开第一步，开始了自己的人生。然后是一步又一步，活动范围扩大了，见到的东西多了，每走一步都会有新奇的发现，每走一步都会增长见识和经验。

前路漫漫，还会有很多风景在远处等着我们。一辈子太长，我才刚刚起步；一辈子也不长，妈妈已经走了一半。妈妈说，今后的路一定要好好走。话语里带有几分担忧、几分鼓励，还有几分静好，只是那时我还听不懂。无论是一帆风顺，还是风雨兼程，怀念那最初牵手的温暖，我们才有勇气走在人生的路上。

有了孩子以后，我学着妈妈的样子，牵起了孩子的手，鼓励她迈出第一步。看着她信任和依赖的眼神，我忽然间就懂了自己的母亲。懂了她这么多年来的担心和焦虑、骄傲和幸福。想着孩子就要迈出自己的人生，我的期望忽然就低进了尘埃里。未知的岁月里，我只愿她平安顺利，步步莲花。我和母亲一样，告诉她，未来的路一定要好好走。

如今，妈妈老了。我牵起她的手，陪她一起走。在医院里，我牵着她楼上楼下做检查，告诉她身体出了点小问题，做个简单小手术就好。她信以为真，手术前后一声不吭，我心疼地为她洗脸擦汗。

化疗开始后，纸里包不住火，看着她无助的眼神，我知道角色在反转，我成了她的依靠。我一遍又一遍地告诉她，真的没问题，你的乳腺癌是可以治愈的。她的眼里又燃起了希望，所有治疗积极配合，很快恢复了健康。

如今，我又可以牵着她的手一起散步了。真想就这样一直走下去，陪她看天上云，河边柳，岁月不再老去，生命天长地久。

"执子之手，与子偕老。"当一双宽厚温暖的手伸过来，是一种心疼，一种呵护。把你交给我吧，我会一生一世好好珍惜。好吧，我愿意。"山无棱，天地合，乃敢与君绝。"所以啊，立下生死契阔的誓言，与子成说。

从十指相扣那一刻起，就意味着今生相伴。爱着你的爱，苦着你的苦，举案齐眉，琴瑟和鸣，低眉抬首间，你是我今生最美的遇见。所以啊，"安心地牵你的手，不去想该不该回头"。

只愿一世常相依，把风景看透，细水长流。今生，牵着你的手，跟在你身后，直到老态龙钟，直到腰低背偻，然后，一起去看夕阳落日，一起数星辰北斗。

人海茫茫，友情是人生中另一抹暖色。爬山登顶的时候，只差一小步，你筋疲力尽，气喘吁吁。这时，有一只手伸过来，正是你需要的一臂之力。借助这份力量，你成功登顶。

由此，你懂得了什么是默契和信任。

这份牵手的力量，在不同的人之间相互传递，友情升华，人与人更加亲密。人生中，可以牵到这样一双手，看似漫长孤独的岁月，也可以过得浓稠丰厚了。予人玫瑰，手有余香。得到的同时，也请你伸出手，拉一把需要帮助的人。

　　牵手，是一种温暖，一种妥帖，一种由内而外的传递，给人以慰藉和力量，推动你走过坎坷泥泞，到达山明水秀。偌大的天地里，愿有一双你随时都可以牵起的手，一起走千山万水，一起过似水华年。

我的梦，邀你同住

作者：林樨熳

天，恬静地垂着黑黑的帷幕；风，柔细地拨弄着软软的发梢；四周的灯，一盏一盏地在熄灭。笼子一般的房子悄悄隐去了，锥子一样的杂树渐渐消失了，所有的有形都慢慢演变成了无形，一帘纯粹的黑色柔柔地张开宽厚的臂膀，拥我入怀。

把灯关掉，把屏幕关掉，把一个孤独的世界关掉。今夜，我愿意拨动我如莲的心事，走进另一个无形的空间，开启一道尘封的门，充填一些温暖的记忆，再用一根根缠绵的思绪编制成茧，缚我逸飞的心。

你，是否愿意和我同住，在那个厚厚的茧里，拾掇起一页页或甜蜜或惆怅的记忆，对着晚归的夕阳，轻轻诉说？你，是否愿意和我牵手，在那个厚厚的茧里，追寻着曾经跌落的承诺，踏着凉爽的晨风，慢慢回忆？你，是否愿意拥我入怀，在那个厚厚的茧里，回眸曾经失落的憧憬，对着西天的云彩，淡淡作别？生活总有林林总总的遗憾，可也有精彩纷呈的美丽，无论过去，无论现在，记住了，就是最亲切的怀恋。

好想，好想做一个长长的梦。梦里，有一条思绪的小河，流着我如水的温柔。

记住那片可爱的森林吗？华盖蔽日，绿荫盈地。我白色的裙子拖过落英的缤纷，随风洒落一地的银铃。你捡起了一枚，放进了上衣的口袋。那一刻，我看见了你的眸子，纯粹如一泓清澈的山泉。

记住那道长长的鸿沟吗？也许就是一条银河，我准备了很久，都未能越过。你向我伸出宽厚的手，告诉我，抓住了，就能飞身而过。我纤细的手只能握住你一个手指，那天，我握住了，从此竟不想放手。

记住那个深深的山坳吗？我独自在那里住了很久很久，看朝霞升起，晚霞沉没，唯一不变的是永恒的守候。你回来的时候，欢快的啸声从很远很远的地方传来，划破宁静的山空。所有的鸟儿和我一起正装待容，那些欣喜和欢娱，也许还刻在那个山头。

记住那些溶溶的月色吗？曾几何时，她总是伴在我们的左右，聆听我们天花乱坠的絮语。你说你喜欢听田间的蛙唱，在夏风里飘荡，让你觉得恬静而清爽；你说你喜欢听浪涛的声响，在春暖花开的时候，到一间面朝大海的房；你还拉过《二泉映月》，那声音在风中凝咽，树都不再摇晃。你知道吗？多少年来，我一直在你的阐述里追寻着诗意的芬芳，常常在子夜的蛙声里悟道，在海浪的啸声里痴望，在《二泉映月》的呜咽中迷茫……

当你跌落尘世的时候，我依然还在空中飘荡。

今夜，没有蛙鸣，没有涛声，甚至没有月亮。匍匐在黑暗的怀里，我只是想做一个长长的梦，编一张厚厚的网，网住那片森林，网住那帘月光，网住那只手掌。

邀你同住，牵我的手，告诉我，没有迷茫！

有一种牵挂不会淡忘

作者：李俏红

　　当女孩从别人的口中得知男孩的爱时，女孩已经不在男孩的那个城市了。

　　女孩离开男孩所在的城市，只是因为当初男孩从不拿正眼看她。每回女孩和男孩说话，他都是漫不经心的样子，好像在听，又好像没听。每回女孩央求男孩一起做一件事情时，男孩都会显得不耐烦，虽然嘴上不说，但他的表情让女孩感觉到了无趣。

　　从小学开始，女孩就是他的"跟屁虫"，什么事情都跟在男孩后头，什么事都依顺着他。男孩无论说什么，她都说好。上高中后，他们没分在一个班里，接触自然少了，但偶然还会一起回家。同样的路，同样的人，只是不再有很多的话，常常是沉默着走完全程。但在女孩心里，只要能走在一起，就是快乐，就是满足。说早恋也好，说崇拜也好，除了男孩，她很少注意别的男生。

　　后来，他们双双考上了大学，填志愿时不知是巧合还是故意，总之他们在一个城市里读书。

　　女孩以为他们一定会有故事，以为男孩会成为她的唯一。随着年龄的增长，男孩变得越来越沉默。偶尔两人在一起，他说话又自负又固执。他们常常吵嘴，吵了又后悔，只是他从不会放下架子来求和。每次都是女孩先去找他，他的话依然又硬又臭，让她受不了。反反复复中，女孩就听说男孩有了女友，是他的同班同学。她哭了一夜，是啊，她算什么呢？人家从来没有承认过和你有什么特殊关系呢。从此，女孩把自己的心门紧紧地关上了。

男孩和女友很快就分手了，她静静地看着这一切，不去撕内心的伤痕。

毕业后，两人又分在同一个城市，依然是淡淡地交往，但男孩已经变得越来越不耐烦。女孩想，也许是她的存在影响了男孩开始一种新的生活，比如找一个新女友，开始一段新感情。于是，女孩为了男孩选择离开。女孩想，既然他不喜欢她，就让他自由地去爱一个自己真正喜欢的人。

离开了很久，一次与男孩的一位大学同寝室的同学相遇时，女孩才知道男孩一直很爱她。那个同学说，他喜欢你，我可以证明。他经常在寝室里看你的照片，他会把你写给他的信一个字一个字地读，他和我们谈起你时总是特别骄傲，说你是女生中最优秀的。末了，那同学问她："他这么爱你，你居然不知道？"女孩震惊了："他真的是爱我的吗？""当然，你一点感觉也没有？"女孩说，男孩给他的印象除了孤傲没有别的。那同学骂她笨，说有时男人是用另外一种方式对待自己特别在乎的女孩，他会装作毫不在乎，只想等你来揭开这层面纱。

明明是喜欢，可就是不说。她突然惊觉，是不是自己也一样啊，明明那么喜欢他，却从来没有当面对他表白过，他是不是也像她一样以为她不爱他，所以要离开他的城市呢？

明天，女孩要去找他，无论是迟是早，她要让男孩知道自己真实的内心。因为离开之后，女孩依然发现，即使什么也不说，这辈子有一份牵挂永远也不会淡忘。

命运的转折往往就在那一瞬间

作者：夜夜雨

昨晚，我和几个同学在群里聊天。好朋友小丽找我私聊，向我诉起苦来。

小丽是我的初中同学，关系要好。后来，我们一同考上高中。可惜，因为家庭困难，她高一没读完就辍学了。没过两年，经媒婆介绍认识了现在的老公。婚后，小丽便和老公在西安开了家夫妻店，做点小吃生意。

2008 年 4 月，快要临盆的小丽回老家生下了儿子嘟嘟。因为小吃店一个人忙不开，在家仅仅待了一个多月，她就不得不把嗷嗷待哺的嘟嘟丢给了爷爷奶奶。自此，嘟嘟就一直在老家生活，很少有机会和父母团聚。

前几天，爷爷将嘟嘟送到了常州（几年里，他们已经换了好几个地方）。小丽发现嘟嘟性格孤僻，和自己一点也不亲。和他说话，也爱搭不理。昨晚吃饭时因为一点小事，小丽说了两句，他一不高兴摔下碗扭头就走，嘴里还骂骂咧咧，嚷嚷着："从小到大，你们都不管我。以后也不要你们管……"

小丽哭诉道："我天天起早贪黑，省吃俭用，累死累活的，还不都是为了他吗？我不想在家带他吗？没想到现在他成了这个样子，一点不体谅我们……"最后，小丽问我该怎么办。

能怎么办？当然是把孩子带在自己身边照顾、教育的好。但我没有说出口。我知道，那是不现实的。刷爆朋友圈的一句"放下砖头养不起你，搬起砖头陪不了你，孩子对不起"看哭了无数人，这是多少父母的心声，却又饱含他们多少的无奈啊！

晚上，我躺在床上，思绪纷飞。如果不是中考那年父亲的一个决定，那今天，我是不是就如小丽一样长年在外奔波？我的孩子是不是也如嘟嘟一般孤僻冷漠？

我的家乡坐落在一个山清水秀的小村庄。家乡的美是毋庸置疑的，但在我记忆中更多的是穷，特别是八九十年代。

那年 7 月份，我的中考成绩出来了，分数达到了普通高中的分数线，但并未达到县重点高中的分数线。

书，要不要读下去？亲戚朋友众说纷纭。有的说，应该继续读下去，毕竟成绩还不错，是靠自己的本事考上的。有的说，女孩子读那么多书干吗，家里条件又不好，别浪费钱了。不如出去打工，减轻家里负担，还有一个弟弟呢。有的说，上个普通高中，没用，以后上不了重点大学，还是白念。还有的说，再复读一年吧，考个中专，也有口饭吃……

我深知家里条件不好，父亲为了生计长年在外打工，母亲田里地里的一边忙农活，一边照顾我们姐弟俩。我那时真是六神无主，心里渴望继续念书，但又不想增加家里负担。

没过几天，父亲打电话回来了。那时，电话还没有普及，村子里只有一两家富裕些的人家才有电话。父亲先打电话到文叔叔家，然后叔叔到家里来喊我们接电话。父亲算好时间再一次打过来，我们接听。父亲听说我考上了高中，很是高兴。母亲把乡亲们的话一一告知，询问到底要不要让我继续上高中。

记得那时的我，真的紧张极了。只听父亲斩钉截铁地说："上，肯定上！别人考不上，没办法。小妹考上了，我们就是砸锅卖铁，也要供她上……"父亲的话，掷地有声。如今，我依然常常想起。

正是父亲的这一决定，改变了我的人生轨迹。我的小学和初中同学，现在大部分都像小丽一样长年在外奔波，虽挣了不少钱，但付出的辛劳也是一般人无法承受的。我的生活虽没有大富大贵，却也平淡祥和。

前段时间，带女儿回家小住了几日。家里的蚊子多，许是欺生，蚊子专挑女儿白嫩嫩的小腿叮。女儿噘着小嘴说："以后再也不来外婆家了。"母亲心疼地赶紧给她喷花露水，蒲扇摇得更勤了。

我向女儿说起当年的事。告诉她，因为外公外婆的付出，才有了我们的小家，才有了她现在的生活。女儿听了，搂着外婆的脖子，甜甜地说："外婆，我以后一放假就回来看望您和外公。"

母亲笑了，父亲笑了，我们都笑了。

我在心里给你留了位置

作者：凉月满天

　　他曾经是一个患抑郁症的男孩，在十六七岁时染上网瘾，体重达到180斤。医生说："他为什么胖？因为他要靠吃来压抑自己的愤怒。"他不喜欢父亲，说："他从来就没有鼓励过我，我并不喜欢上网，网瘾只是因为现实生活中不快乐，没有寄托。"

　　父亲那时和他在家里几乎不说话，说对待他像对一个凳子一样，绕过去就是，"不理他，恨不得让他早点出事，证明自己是正确的"。

　　他曾经有一次拿着菜刀砍姐姐，幸亏被人拦住。可是，他平时在生活里几乎是懦弱的，在抑郁症治疗中心，当着众人面连上台去念一句诗都做不到。他说："我内心是有仇恨的，因为大人老说我，老说我姐姐好，老拿我们俩比，所以我就要砍她。"

　　在做心理治疗时，他对大夫说起小时候被人欺负，父亲不管他、不帮他，他用拳捶打墙说"我恨你"，把手都打出了血。父亲去了墙边，拉儿子的手。他说："这感觉非常奇妙，这么多年我们都没有接触过。"他觉得有点原谅父亲了。

那天，他要正式登台朗诵。父亲说好要来，临时有工作没来。他急了，又捶着墙，不肯上台朗诵："既然他不来，你说让我干吗来呀？"他父亲后来赶到了现场，说事情没处理好，"今后一定改……"他打断父亲："能自然点儿吗？改变也不是一时半会儿的。以前怎么冷落我的，我不愿说，一说就来气。"他父亲神色难堪，压不住火，说了句"二十年后你就明白了"，转身要走，走到门边又控制住自己说："可能我的教育方式太简单了，我认为儿子应该怎么怎么着。"一位带着女儿来治疗的妈妈说："不光是简单，不光是家长，不管任何人，你去告诉别人应该怎么样，这就是错的方式。我就错了这么多年。"

　　——这都是那个记者记录下来的。这个母亲说得实在太对了。再对的道路也不见得就是唯一的道路。天底下多少父母觉得自己说得对做得对，以致孩子心里有委屈？又有多少孩子觉得自己说得对做得对，以致父母心里有委屈？

　　委屈是心里攥紧的一个小拳头，攥得紧紧的，自己出不去，也不许别人进来。不光是父母，还有兄弟姐妹，还有朋友，还有同学，还有同事，还有路上走的行人。彼此都有委屈，就大家都进不来出不去，原地卡死，谁也转不过身，看不见别人的无助和委屈。

　　负责给他治疗的心理医生说，自己三岁之前，被母亲寄养在别处，母亲带着姐姐生活。重逢后，她觉得母亲不亲，觉得母亲更喜欢姐姐。五十年过去了，她养两条狗来修复自己的创伤——因为那个不公平的感觉一直在。原先那条养了六年的狗总是让她抱，趴在怀里，新来的流浪狗在旁边眼巴巴看着。她想放下这个抱那个，这个不肯挪窝，那个也就上不来，她体会到当年母亲和姐姐的难受劲。原来，在每个角色里待着的人，都会有很多不舒服。

　　她说，知道了这一点，就原谅了母亲。

这个曾经患抑郁症的男孩后来上了厨师学校，当过兵，交了女朋友，在一个环保机构工作，瘦了 40 斤。他是很有公义感的一个人，常常给当年采访他的记者提供污染事件的线索。他现在夹在女友和母亲之间，多少体会到了父亲当年的感受，和父亲在心里真正达成和解。

　　原来，所谓的和解，不是忍耐，不是容忍，不是被一时的感动鼓动着握握手、拥抱一下，而是理解，是理解基础上的宽容，是在心里留一个位置，让那个原来不被原谅的人可以进来，使你感受到他的感受，使他得到被你原谅的机会。

　　人能感受别人的时候，心就变软了，就像水。水是软的，所以它能容纳一切、净化一切。它最没有性格，却是最强大的那一个，因为它给一切在心里都留了位置。

206

幻觉

作者：尺八潇潇

姨夫过世了。消息来得很突然，却又在意料之中。

记得去年夏天，我和妈妈带着两岁半的女儿回老家，姨夫就站在院子里的核桃树下。他的双手耷拉着，看着追着小鸡仔乱跑的宝宝，咧着嘴冲我笑，想说什么终究没有说出来。

这就是最后一面了。

姨夫年轻时，爱喝酒，好好的身体喝坏了。酒，却还是戒不了。村里的医生时不时地就要来家里一趟，输液、打针、吃药。这样的身体，支撑着他从四十岁到了七十岁，已经很好了，可以说出乎很多人的意料。

包括姨，她一直认为姨夫会走在她的前面。

姨还在的时候，常对我说："等到你姨夫不在了，我就去你们的新房子看看，住上一阵子。"我反驳她说："姨夫也不是离了你不行，何况家里还有哥哥姐姐呢！"她总是摇摇头："不行，靠他们哪里行？"

姨走了十二年之后，姨夫才随她去了。

姨夫出殡之后，妹妹说她做了一个梦。梦里像是小时候，去姨家玩，姨叫着姨夫："快起来吧，君君就要走了。"妹妹说："不用叫了，姨，让姨夫睡会儿吧，我这就走了。"到这儿妹妹就醒了。

她说，在梦里，姨是很高兴的。这么多年了，第一次梦到姨，妹妹也很开心。

我说，也许是姨终于不孤单了，想告诉你她现在挺好的。

妹妹点点头，露出了笑容。

小时候，爸爸在外地工作，妈妈在家照看我和妹妹。有一年赶上家里盖房子，妈妈照顾不过来，妹妹就到姨家住。姨对于她来说，就和妈妈是一样的。

姨抽烟，却又舍不得买烟，捡烟头来抽，妹妹就给她捡烟头。妹妹学着姨的样子抽烟，姨告诉她，烟是不能抽的。姨抽烟，是因为牙疼得受不了，靠着里面的尼古丁麻醉神经。

病了总不愿去治病，为了省钱，拖着，就这样拖坏了自己的身体。

姨的小孙子问她："奶奶，这半年多了，你吃过一个馒头吗？"使他更疑惑的是，连半个馒头都没吃下去的奶奶，肚子却胀得像装了个气球。

"这是为什么？"我听了妈妈的叙说，问了一句。

"肝腹水。"妈妈说完这三个字，眼泪就淹没了她接下来的话。

我和妹妹也都哭了起来。

奶奶安慰我们："别说你们心疼，我也心疼，全村上下的人都觉得心疼，多好的一个人呀，谁能想到她早早的就没了……"

姨大大咧咧，不拘小节。小时候，我们见她的衣服里外穿反了，就告诉她，她嘿嘿一笑，道："没事，晚上脱下来，明天穿上就是正的了。"

可她又是个最细心的人。妈妈和爸爸去了外地之后，姨带我去姥姥家，骑自行车，她骑得很慢，还歪七扭八的。我后来才知道，一个二八式自行车，对于身高一米五的姨来说，是很难骑的。可在我的印象里，她骑车骑得很好。因为她总是这样对我说："我骑得慢，拐来拐去的，是在挑好的道儿来走呢。"听了这话，我有什么不放心的道理，安安稳稳地坐在自行车的横梁上。

她的心，都是为别人而操的，从来没为自己多想一想。我和妹妹说，肯定是老天爷见她太累了，就叫她去"休息"了。

这样的想法，并没什么安慰作用。

我更希望她看到我们的新房子变旧了，看到我们结婚了，看到我们有宝宝了……

她好像就站在那里，和姨夫一起站在核桃树下，看着宝宝追着小鸡仔乱跑。她去捉了一只小鸡来，捧到宝宝的面前，让宝宝碰碰它的尖嘴，摸摸它的绒毛，然后和宝宝一起笑，露出被烟熏黑的牙齿……

想必姨夫是去告诉她了，她安心了，就悄悄地给妹妹送来了一个梦。

恍恍惚惚的，想起十二年前，我的泪水打湿了枕头，是知道她走了。

那是一个梦。

十二年，不愿意醒来的梦，只是希望你还在。

爱因斯坦说：对于我们笃信物理学的人来说，过去、现在和未来之间的区别只不过是一种幻觉而已。这是他的好友贝索离世之后，他写的悼词中的一句话。物理学家从中想要解读出点什么——关于时间，关于空间，关于宇宙。可我看到这句话，只想说爱因斯坦一定是太悲痛了，宁愿相信死亡真的只是一场幻觉。

真的，姨还在。和我的物理学得不好一点关系也没有。

她还在，在我的耳边说："别哭，别哭，要心疼你妈妈，你这样哭，她就更难受了。"就像姥姥过世的那年，她在耳边安慰我一样。